HÖSTDRAMA

Alla i denna berättelse förekommande eventuella likheter
med verkliga personer och händelser är helt oavsiktliga.

HÖSTDRAMA

En pikareskroman

Kaj Bernhard Genell
2020.

FSC
www.fsc.org
MIX
Papper från ansvarsfulla källor
Paper from responsible sources
FSC® C105338

KAPITEL ETT.

"Sånt oväsen!", tänkte Edward, när han lyssnat i några minuter. Raskt tog han sedan de fyra stegen till ytterdörren och öppnade den halvt och kikade ut. Människor röda i ansiktena sprang upp och ner för trapporna. Vissa grät, andra skrek.

"Vad är det frågan om?!" ropade Edward.

"Någon har blivit MÖRDAD. I tvättstugan!" skrek en för Edward Tegelkrona okänd flicka, som hade lila hår som sträckte sig i en liten kvast uppåt himlen, och som med båda händerna höll hårt i slagen på sin nymodiga mörkblå duffel.

"Mördad?? Någon..."

"Ja." sa hon. "Det är nog bäst du håller dig inne." sa hon sen, förvånansvärt samlat och elakt, och Edward tänkte att han måtte se höstlik ut, och att hon behandlade honom som en nolla. Kanske just därför hämtade Edward snabbt sina nycklar inifrån lägenheten och steg

1

med spänst ut i farstun, låste sin dörr och gick över och ringde på hos grannen Castor, mitt under det den vilda framfarten av framför allt ungdomar iklädda egendomliga märkeskläder, som gastandes ilande upp och ner för trappan. Hissen stod och ryckte mellan två våningar med en ensam polis, som bankade på grind och väggar, inuti. Castor öppnade sin dörr med enbart en liten springa på glänt. Han såg rädd ut. Den elaka flickan försvann nerigenom, där det snart smällde i en dörr, vilket förkunnade att hon alltså bodde i de lägre regionerna av fastigheten, som inalles hade sju våningar och var byggd 1940.

===

Hösten kommer, grå och kall. Det gör den alltid. Den oerhörda hösten. Uppsummeringens tid, räkenskapens rum, då mången skrider fram på stadens gator om kvällen omgiven av ett mörklila sken. Hösten är en undran men den är samtidigt en störning i denna undran, ty hösten är själv det mystiska, som så bjärt avlöser den underfulla sommarens gåva, och den är det som samtidigt är på väg till något annat. Alltså är hösten en plan. En plan, byggd på en studie av en erfarenhet. Hösten är sitt eget ressentiment, sitt vemod, sin sorg, sin smärta, men även sitt simultana, sinnrika spel med sig själv, inför den annalkande vintern. Hösten är inte dum. Livet är det, som går igenom sig självt. Hösten är den plats, där människan på nytt – på något egendomligt sätt - måste uppfinna sig själv, inför det som kommer efter vintern, nämligen våren.

En enorm tyfon hade just, halvt om halvt, raserat stadens centrala byggnader och likaså Säve flygfält. Omkullblåsta träd, plåttak och bråte låg överallt. Kråkorna hoppade, ruggiga, jämfota omkring och skrek högt. Staden Göteborg hade förlorat sin lättjefulla semester- och turistarm och såg efter den stora stormen nu enbart trasig, regnig och grå ut. Varannan dag öste det ned, varannan luktade det illa. En stickande röklukt nerifrån

Europas storstäder och industrier infiltrerade de högre luftlagren. Inversionen lade sig som en basker, eller en hästfilt, över de centrala delarna av staden, där denna berättelse utspelar sig. Om man inte hade andnöd redan, så fick man det nu. Och andnöd är något vedervärdigt. Då känns det som om man inte får luft. Det hade hunnit bli november månad och alla beredde sig nu att överleva åtminstone fram till Jul. Typiskt nog skulle det väl inte komma snö heller, och gemene man sade, över de mot blåsten uppfällda rockslagen, till varandra, att det naturligtvis skulle förbli kyligt blidväder, regna hela vintern och bli översvämning nere i kanalerna och i källarna i Centrum och att Säveån skulle svämma över och dränka Mölndalsvägen i vatten, så att man inte längre kunde se navkapslarna på ens en två-tons Volvo SUV.

Den bastuvarma sommaren var i november ett minne blott. Sommaren är livets kulmen, och vanligen är denna kulmen liksom en kostlig gåva, en härlig champagne, en mogen persika, - och mer sällan är den som en pärs. Aldrig har jag upplevt en sådan bedövande hetta som denna sommar. Det föreföll många som om planeten rent av varit satt i brand, och som om undergången var nära. I juli hade gatorna i Göteborg närapå lyst tomma. Människorna, denna blomst bakom Storgudens öra, dessa Tillvarons kungar, hade nästan alla flytt till kusten. Gräset i parkerna hade stått torrt, gult och glest. Rundlar av brunt indikerade överallt att här var det ökentorrt. Solen tycktes stanna till i timmar över just stadens centrum för att metodiskt söka torka livet ur folk därnere på gatorna och i varuhus. Brunnar och läskautomater var ur funktion. Bevattningsförbud rådde. Skörden försvann redan innan midsommar, torkade och metamorferades skendött ner i marken igen. Korna fick slaktas i juli och hö och mjölk importeras från Ryssland och Sydamerika.

Området, där handlingen i denna berättelse utspelar sig, var fullständigt traditionslöst, och man kunde inte frigöra sig från tanken att man befann sig i någon slags vänthall. Ett limbo? Bodde verkligen människorna här, eller var de på väg nån annanstans? De enda yttre tecknen på att det verkligen levde människor i lägenheterna, det var att det lyste i fönstren, samt att man ofta till advent dekorerat balkongerna med en elektrisk ljusslinga, som man – troligen i förtvivlan över just brist på liv – lät lysa *hela resten av året*. Dessa ljusslingor formligen skrek ut de boendes frustration över sin eländiga existentiella och psykosociala situation. "Varför bor vi här?", tycktes de skrika ut. Så föddes här ljusslingan som ett Durkheimskt sociologiskt faktum, som i tydlighet kan mäta sig väl med självmordet, med vilket den johannebergska ljusslingan kanske står i ett slags hemligt, ordenslikt förbund med.

De mest reguljära inslaget i gatubilden, förutom de boende själva, var sopbilen, som kom varje vecka, en dag i gryningen och förde ett sällsport oväsen i det den lät sina två främre borstar borsta upp skräp in i en inre plåtreservoar. Så var det postkillen, som – försedd med hörlurar och musik - kom med posten på en blå cykel. Och så var det hemtjänstkvinnorna, som kom knegandes – oftast ensamma och magra - till de gamla.

Att människor knappt hälsade på varandra kan ha berott på att de olika uppgångarna hade olika ägare, men också att upplåtelseformerna – som det heter – varierade. Vissa av fastigheterna var kommunalägda, andra privatägda, och åter andra var hyresgästföreningsägda. Här fanns således inbyggda klasskillnader, som – såsom skillnader alltid gör - separerade. De som ägde sina lägenheter såg lite ner på dem som hyrde. De som hyrde av privatvärd såg ner på dem som hyrde kommunalt. Så hade man på denna gata – som låg uppe på ett berg och var särdeles utsatt för både vind och sol - inte någon gemensam "herre", och så talade alltså inte "slavarna" med varann, som "förtrycket" dels var olikt, dels okänt för de olika grupperna. Alltså var det bara inom respektive fastighet, d.v.s. uppgång, man hade någon form av gemenskap, och denna var ofta inte stor, särskilt inte i de kommunalägda uppgångarna, ty där bodde folk allra oftast i brist på bättre alternativ och i många fall helt tillfälligt. Många märkte inte att de bodde i stadsdelen. Människornas focus hade paradigmatiskt skiftat. Man hade inte riktigt tid till att tänka på om husen man

4

bodde i möjligen var fula eller sjuka. Hela ens uppmärksamhet var riktad, genom internets öga, utåt i världen.

Det som förmedlades digitalt föreföll, antagligen genom mystik, eller genom design, eller genom sitt sociologiska faktum, sin effektiva evidens, sin mediala styrka, sitt efedrinpåslag, så mycket mera verkligt. Ögonblicket var nu, och livet levdes streamat. Det som inte streamades hade föga värde. Man rapporterade sakligt och utan ironi i Kulturnyheterna, att det där som kallats ”film”, knappt fanns längre. Man hade närapå slutat att göra film i Hollywood, och de bolag som livnärt sig på att sälja DVD, de såg sig nu om efter en konkursförvaltare. Så rapporterade det på radio. *Good riddance*, tänkte många. Och att detta slags bildberättande försvann, det gjorde att BOKEN än en gång stack upp sina vakna ögon över horisonten. BOKEN, detta Andens mirakel, *Världsandens* kronjuvel, skulle aldrig dö, trodde den. De som ägde streamingtjänsterna log, ty just nu var det de som hade kommandot. Vad som händer, vem som vinner racet, det vet ingen. Kanske klimatförändringarna, virusen eller kometerna.

==

I Allmännyttans uppgång på Abrovinschgatan 24½ bodde Edward Augustus Tegelkrona, 72 år gammal, en för den stora allmänheten helt okänd f.d. tavelrestauratör, konstnär, illustratör och författare till ovanliga essäer om konst och kultur.

Sommaren hade för Edward varit både hektisk och dramatisk. I huset där han bodde hade nämligen i juni en ung flicka, som bodde i samma uppgång, påträffats strypt. Strax efter hade man hittat den förvirrade – och enligt många ”onda” - människa, som orsakat hennes död, ävenså densamme död. Edward hade, dels på grund av sin avvikande livsstil, dels för att han faktiskt var skyldig, blivit anklagad för diverse småförseelser med anknytning till fallet, och även fått ett mindre straff för dessa, bestående av dagsböter. Brotten var: undanröjande av bevis, samt försvårande av utredning. Han hade lagt sig i, och det hade han faktiskt också gjort för egen vinning och ärelystnad. I djup fåfänga och dåraktig inbilskhet. Han hade velat lösa fallet själv, men – *och just detta var illa* – till på köpet synnerligen halvhjärtat!

Ty så var det med honom, att han sedan barndomen led av en psykisk åkomma som ställde till allting i livet för honom. Edward var nämligen ett praktexempel på en stockambivalent människa. Ambivalensen var hans olycka, och den hade nästintill fyllt hans liv med sitt, i dubbel bemärkelse, tveksamma innehåll. Att ha att göra med ambivalens är en heltidssyssla, och det finns ingenting i världen som konsumerar så mycket tid och energi som ambivalens. Och helt i onödan dessutom. Ingenting är nämligen så meningslöst som ambivalens. Men ändå – invänds det – är ju tvekan nödvändig. Tvekan är en dygd, medan ambivalens är den största synd och skam. Tvekan är måhända en stund av tvivel, medan ambivalens är det att tvivla i evighet, att aldrig nånsin, livet igenom, kunna bestämma sig till 100%. Och det är just det, som beslut kräver. Ett beslut är alltid 100%-igt. De flesta människor befinner sig kanske någonstans mitt emellan tvekan och ambivalens, och mången kan inte besluta sig vartåt de då skall luta. Men de låter tiden avgöra. Och tiden avgör alltid ... till ambivalensens fördel. Till tjocktvekans.

De händelser, som utspelade sig i samband med, och efter, det fatala dödsfallen i hans hus, var kanske vad som gjorde att Edward detta år hade svårt att förstå hösten. Ty Edward – i likhet med alla andra ambivalenta personer - ville verkligen i grunden förstå, allting, men nu tycktes honom hösten och pånyttfödelsen svår. Även hans egen fåfänga person tycktes honom alldeles grå och ogenomtränglig för analys. Han hade varit lite förälskad under sommaren, vilket var positivt, men nu hade allt svepts undan, och Edward var upptagen av sina fantasier, sina vanföreställningar och sin riktigt tjocka långtvekan sin långa tjockambivalens.

Han hade dessutom – till råga på allt detta – fått lite krämpor. Krämpor kommer ofta när man både är oförberedd och under press ifrån något ovant. Oförbereddhet är att inte ha blodcirkulationen igång överallt och han hade fått ont i en ankel. Någon doktor hade han inte fått tag i, och knappt sökt efter heller, då hans erfarenheter av läkarvetenskapen ofta varit dåliga. Och på grund av denna onda fot, så kunde han inte nu, som var hans vana, fördriva alla onda tankar med långpromenader, men satt mycket hemma, helt belägrad av dessa mindre muntra tankar, surfande på mobilen. Dag efter dag. Han befann sig i ett läge, som han inte kunde slita sig loss ifrån. Vanligen reagerade han inte så, ty han tyckte oftast att även tristess, elände och kroppsdelar som gjorde ont var intressant. Edward gillade nämligen, på ett oklart sätt, det patologiska. Ju hopplösare en situation var, desto intressantare tycktes den honom. Men inte denna höst alltså. Han, som inte kunde tänka sig något underbarare än att skåda in i olyckans ögon, var nu för en gång skull satt på plats av en obarmhärtig verklighet. Satt på en ofruktbar plats. Så visste han denna gång inte alls vad han skulle göra. Detta var en situation där inga spännande alternativ erbjöds. Överallt stirrade denna gång inte olyckans illgröna, men snarare tristessens starrvita ögon på honom.

Ont i en fot, och inget var roligt. Så kunde man också beskriva det hela.

==

Så mycket roligare då, att det en dag, när Edward var nere i den i antikvitt målade tvättstugan, för att tvätta långkalsonger, ringde i hans telefon, och det visade sig att det var hans snillrike vän från fordom, den två år yngre Melbourne, som ringde och som med sin karaktäristisk raspiga röst förklarade att han ville träffas. Melbourne Berg, som, vad Edward visste, ända sedan barndomen bott ganska flott i Linnéstaden - han hade haft en rik moster hos vilken han vuxit upp -, befann sig just nu i centrum, på Avenyn intill *Paley's*. Edward bad honom komma upp genast, eller om ett par timmar, och satte så igång med att frenetiskt städa upp efter all sitt slarv och sin lättja hemmavid, och betraktade nu av och till, denna tisdagseftermiddag i november, sin väggklocka av jättelik

industrihallstyp, som sade honom om att det nu skulle
dröja bara en kvart innan han fick träffa Melbourne, *efter
hela trettioåtta års paus.* Att de inte hade setts var fak-
tiskt konstigt. Men förstås: de hade varit ovänner på
grund av något. Något som Edward hade glömt vad det
var. Förmodligen hade det att göra på något sätt med
Melbournes snille.

Edward hade också en egenskap som inte alla män har.
Han kunde ha en vän. Edward var nämligen både gene-
rös, intresserad och prestigelös, och han kunde låta sig
själv vila i den stämning och känsla, som skapades av en
annan person. På det sättet var Edward alltså inte rädd.
Och detta var en gåva. Och han var mycket tacksam för
den. Åtskilliga är ju de män, som inte har några vänner,
därför att de inte KAN HA några. Just för att de saknar
de egenskaper som jag just nämnt.

Städningen hade varit mödosam. Mycket för att den
hade lytt under nödvändigheten av att gå fort. Man blir
kollossalt svettig av att städa ett rum i brådska. Det är
så mycket som skall plockas undan, och funderas över.
Bokhyllorna i Edwards lilla lägenhet var ju sedan gam-
malt smockfulla med romaner och med litteratur om
måleri. Trots att han aldrig läste dessa böcker och tid-
skrifter numera, så letade de sig ofta ut ur bokhyllorna
och lade sig i travar här och där. Mest intill sängen. Nu
blev det ett schå med att åter få in dem i någon ledig
hylla. Sen var det ju tvätten också. Kalsongtvätten. Och
så mötte Edward i farstun sin nya farstugranne, en exo-
tisk flicka med ögonlock som rapidsnabbt darrade, en
jättelik röd mun och svart hy. Hon hade för en månad sen
flyttat in i lägenheten till höger om Edwards efter fru
Frusing, som bytt lägenhet efter mordeländena. Flickan
hade, omgiven av flyttlådor och möbler i trappan då pre-
senterat sig: *"Blessing Palam."*

Hon såg ut som en dansare, mörk i hyn som en indisk-
afrikanska, med ett stort burrigt svart hår som stod i alla
riktningar, stora stålbågade glasögon, bakom vilka ett
par pigga blå ögon stod vidöppna. Kroppen var så ung och
vältränad att man närmast kom att tänka på någon slags
hårdgummi när man såg dessa rundningar som var för-

packade i svarta, glänsande trikåkläder av nyaste märke. Flickan var relativt lång, och såg mycket stark ut, kanske 175 cm och om man aldrig sett henne förr så kunde man tro att hon kom direkt från musikalen *Fame* eller något sådant, tänkte Edward avundsjukt, medan han hastigt gnodde på sin namnskylt som var fäst på ytterdörren. Tegelkrona ville kunna visa Melbourne, som ju var van vid lyx, att han inte deklinerat. Namnskylten som var av mässing, sken helt unik i trapphuset, och den förkunnade stolt och fåfängt:

EDWARD A. TEGELKRONA

Edward Augustus Tegelkrona hade två namnskyltar på sin ytterdörr. Dels den vanliga, som satt i brevinkastet i en metallram, med vita plastbokstäver stiftfästa på en yta av svart sammet, med efternamnet "TEGELKRONA", och så mässingsskylten då. Den senare var limmad med *Karlssons Klister* direkt på teakdörren. Han visste att det var barnsligt, men han njöt av det, och i och med att han uppnått en viss ålder - sjuttioett - så brydde han sig inte längre om vad folk tyckte. Han hade också erfarit ganska så konkret, att folk inte längre brydde sig om att tycka något om honom. Han syntes stort sett inte längre. Han tillhörde det i denna kultur så försummade kast som heter: gamla. Om man kunde erkänna gamla som varande människor, så vore mycket vunnet.

"Jag heter Edward." hade Edward sagt till den vackra dansaren. Flickan hade lett vänligt och försvunnit intill sig med en boklåda av himmelsblå papp. Edward var – till sin sorg – lagd till att vara inbillningssjuk, glömsk och lat och han ägde –, trots försök till skärpning, inte varje dag förmågan att resonera logiskt. Hans diskursiva förstånd var begränsat. Detta senare var ju ett gravt handikapp. Med åren hade han lärt sig värdesätta de stunder när förståndet fungerade. Hans största talang, om man kan säga att han hade några sådana – så uppenbart energisnålt tilltagen som han var – var den att kunna se det intressanta i allt. Så var också Edwards spekulativa fantasi – trots de tidvisa bristerna i logiken -

förmodligen utan sin like i hela södra stadsdelen. Ett negativt drag hos honom var en slags obehärskad estetisk smak, som fick honom att, i en radikal omedelbarhet, fatta drastiska beslut i just frågor om det Sköna och Vackra. Så hade han nyss när han var nere vid sopstationen kastat bort en bok av Tomas Bernhard, *vilket ju inte är konstigt*, men ÄVEN en bok av Orhan Pamuk, och det bara för att Pamuk - enligt Edward - tycktes vara fixerad vid förhållandet till sin far på ett överdrivet och enfaldigt sätt. Man bör inte fatta beslut på det sättet.

En ytterligare egendomlighet med Edward kan nämnas här. Det tycktes nämligen oftast Edward som om han hade en annan version av sig själv, en något bättre version Edward, som betraktade hans handlingar. Denne, den "bättre, eller *egentlige*, Edward" var alltid kritisk, för att inte säga negativ, samt skapade en hel hord med skuldkänslor varje dag. Edwards högsta önskan var att denne, den bättre Edward, skulle ge sig av och lämna honom i fred.

Alternativt ta över helt.

Flickan, Blessing alltså, stod denna dag nu åter framför honom i farstun.

"Har du bott här länge?" frågade hon och rättade till sina stora glasögon, som åkt på sned. Hon verkade, trots allt, intresserad av svaret.

"Ja, tio år ungefär." svarade Edward, lögnaktigt. Han hade i själva verket bott på samma ställe i tjugofem år, eller trettio, men han skämdes över det. Det verkade efterblivet.

Solen lyste plötsligt in igenom de dammiga rutorna in i trapphuset från öster, från Pontoppidans Gata, ty det var ju ännu tidigt på dan. Det glänste till lite i trappräcket och i den gröna marmorn i trappan. Edwards vita hår yrde glest kring hans huvuds omkrets.

I fyrarumslägenheten mitt emot den nyinflyttade svarta flickans två hade det, också där, kommit en ny granne, en man som hette Walton. Castor Walton. Av honom hade Edward hittills inte sett mer än en föga inspirerande skymt. På ett sätt var det givetvis en välsignelse, att det i somras skett flera mord i trappuppgången, ty Edward hade ju på detta sätt fått en hel hop nya okända människor att söka placera in i sin världsbild istället för de gamla välkänt tråkiga. Som dessutom sett ner på honom. På Waltons plats, i denna världsbild, fanns ännu inte mer än ett stort frågetecken.

Blessing sade nu, med en naturlighet som var fullständigt bländande, i det hon böjde sig svagt framåt:

"Så du skall få besök?"

"Ja, det är min gamle skolkamrat från gymnasiet. Två år yngre. Melbourne. Han kommer vilken minut som helst."

"Hoppas det blir trevligt! Har du något att bjuda på då?" Hon stretchade nu sitt ena ben mot trappräcket som ledde ner till våningen under. Edward såg detta stretchande som styrt av det omedvetna hos Blessing.

"Kaffe. Nordströms.", sa Edward. Nu var det inte alls så, att Edward kunde uppskatta gott kaffe. Men han jobbade på det.

"Bra. Trivsam dag!" sa Blessing och vinkade med handen, hostade sexigt, slutade gymnastisera och lät sig sedan lämna trappan och ordnade i förbifarten till en blomvas som stod i liten nisch utanför sin dörr, och lät sig sen försvinna in i sin egen lägenhet, som var betydligt större än Edwards, och där, vad Edward hade skymtat i dörrspringan, det fanns mer exotiska möbler, antilophorn, sköldpaddsskal och annat som speglade sig i en nylagd, oklanderlig parkett.

Edward märkte att flickan var otroligt nöjd med sig själv. Och varför inte?

Så ljuvliga tider när man var ung och inte hade några ägodelar, tänkte Edward. Då blandade sig med detsamma Edward^2 (den ärligare, bättre och inre Edward) in i resonemanget och sa uppfordrande: "Så ljuvligt var det inte. Du hade ju ångest hela tiden!" (Jo, jo, men ändå, svarade den andre Edward.)

Edward slutade putsa på sin namnskylt, som nu sken nästan tarvligt klart. Han tänkte, självkritiskt: "Här står jag ... och putsar på min namnskylt". Ett stort leende sprack upp. Edward hade fem tänder, - allihop i underkäken. Edward slickade på fingret, böjde sig och hämtade lite smuts från svalens golv och strök lite på skylten för att dämpa glansen.

"Så där ja!" sa Edward halvhögt, när namnet på skylten nu lyste lite mindre iögonenfallande och gick in till sig i samma ögonblick som ringklockan inne i hallen meddelade att någon tryckte på portklockan. Edward tryckte på den vita *"Open"*-knappen invid porttelefonen. Ett surrande ljud hördes och sedan förkunnade ett litet oväsen nere i trapphuset att Melbourne nu var inne i själva fastigheten. *Elvis is in the building.*

Edward stod i hallen och stirrade. Han hade drabbats av en känsla av främlingskap. Det hände ibland nu för tiden. Han stirrade på sig själv i hallspegeln och tyckte att han själv, eller spegelbilden, liknade en vålnad, eller kanske hellre ett gammalt fyllo. Ett flammande rödnäst fyllo med en påtagligt sned vit mustasch. I detta ögonblick, av edwardskt tvivel, ringde det på lägenhetsdörren, och hördes även en knackning. Tre eller fyra snabba rapp. Så snabbt skulle inte Edward kunna knacka om han så övade i tretton år, tänkte han. Edward hade inte i nervsynapserna energi nog att kunna knacka snabbt alls. Han var otroligt långsam i allt. Så hade han själv en knackningssignatur som lät som Beethovens ödessymfoni. Men knackningen på dörren var alltså snabbt och nästan hetsig. *Drrrr.* Som en trumvirvel. Så skall det låta, sa den bättre Edward. "Så låter Melbourne", tänkte både Edward och Edward² stolta och överens. Det var inte ofta dessa två var överens. Edward öppnade nu dörren med ett stort, oändligt generöst, och tandlöst, leende.

Det var inte Melbourne. Det var Walton.

Grannen Castor Walton var en kortväxt man kring 50, med runt, smalt, hårlöst huvud i vars övre del det tronade ett par stirrande ögon. Denne sade enkelt:

"Det sitter en man nere i trapphuset, som vill att du hämtar honom. Han verkar vara sjuk. Han kan knappt prata. Han är lite ..."

Efter en stund var både Edward och Walton nere i vestibulen, på bottenvåningen, där ytterligare en granne uppenbarat sig. Det var Neta Fredén, - en nyinflyttad halvdöv, otroligt mager, gulnad, f.d. hippie, i fyrtioårsåldern, som bodde i den stora fyran på nedre botten, och som nu bjöd den stackarts Melbourne på ett halvt glas vatten. Ty om Melbourne var det verkligen synd! Det var knappt att Edward kände igen honom. Ja, han kände faktiskt inte igen honom.

Melbourne Berg satt, eller halvlåg i trappan, och han var inte mer än ett skinnklätt skelett, en skugga av den forne ståtlige, charmerande toppstudenten, som Edward känt. Kläderna var paltor och han luktade både av sprit och av mögel. Han var c:a 180 cm lång, magert byggd och med ett blekt, finskuret ansikte. Hela gestalten var – som man sa förr - av skandinavisk typ, men ögonen var mörka, och näsan mycket lång. Enormt lång. Och intelligent. Dess spets nuddade ibland hakan. Han hade mörk skäggbotten, var orakad och det glesa mellanblonda håret, som hade inslag av grått, hängde i stripor. Vi sidan om honom stod två stora *Coop*-plastkassar med papper, böcker och kläder i. Den olyckligsalige Melbourne såg upp på Edward:

”Ursäkta!” mumlade han och i ögonen syntes inslag av skam. ”Det fixar sig...” sluddrade han emellertid snart och gav nu glaset, som fortfarande var halvfullt, tillbaka till den i långt rött, krulligt hår och blå klänning klädda Neta Fredén. Melbourne och fröken Fredén var ungefär lika magra. Så folk kan ställa till det för sig, med droger, tänkte Edward.

”Det fixar sig.”, mumlade Vännen, åter och åter igen.

I detsamma kom den strålande Blessing ut ur den skraltiga hissen. Hon kom – demonstrativt uppvisande sin vältränade kropp - med en tom blå boklåda, på väg troligen till sin bil. I ett huj hade hon ställt lådan i ban-vagnshörnet och så var hon framme vid Melbourne, tog pulsen och kände lite här och där på honom, såg på hans ögon, varav ett var lätt igenmurat, och frågade så:

”Har du ont någonstans?”

”Är du lä....läkare?” frågade Melbourne, och nu märktes det, om inte förr, att han var så gediget berusad att det var nära det kritiska. Han var svullen i underläppen, något som deformerade hans tal. Neta tog fram en näsduk ur en fick på sin poncho och torkade det utmärglade fyllot i nacken.

"Vi tar upp honom till mig." sa Edward, som var ytterligt besviken. Men han tänkte samtidigt att besvikelsen skulle ge sig, om han nu riktigt tog hand om och tog ansvar för Melbourne. Denne var ju inte bara medmänniska men även en gammal vän, eller tvärtom.

"Han verkar faktiskt lite nergången." sa Blessing, som nu reste på sig ifrån en knäböjande position, där hon kontrollerat Melbournes syn genom att hålla för ena ögat på denne och frågat om han såg något, och så repeterat detta med det andra. Hon vände sig sedan, i det hon torkade av sina båda starka, smidiga händer mot den skimrande spandexytan på sina lår, till Edward och sa med en charmerande, nästan professionell, lätthet:

"Han behöver en rejäl dusch och nya kläder bara." Och Edward beundrade det sätt på vilket det röda läppstiftet var anbragt, som kom hennes ansikte att lysa än mer. Hon liknade nästan en cirkusartist.

Hela samtalet hade ekat i trapphuset. Uppe i huset var det rörelse där också. Åtskilliga för Edward okända människor fördes upp och ned i hissen och/eller passerade till och från tätt förbi Melbournes tillfälliga viloläger i den lätt grönmålade trappen.

Sedan Blessing och Neta ursäktat varandra försvann de, var och en, och så blev det upp till den kortväxte och något halte Walton, som var inbiten sjukpensionär, - han var ju ny för Edward, och hade nog bara bott i fastigheten i en månad - och Edward att forsla Melbourne upp till Edwards våning.

"Sånt elände!" sa Walton, som ändå alltså verkade vara en hygglig karl, just i det att han inte sa något ytterligare.

När Melbourne, som nu plötsligt stod själv, kom in i hallen rev denne i yrseln oavsiktligt ner det smäckra hallbordet, som föll och knäckte ett ben. Melbourne trillade sedan helt omkull igen och blev sittandes i kläm mellan vad som var kvar av hallbordet och en byrå, där Edward hade alla mönstrade mössor, slitna kepsar, HBTQ-paraplyer, köpta hemsydda tygpåsar och små halsdukar av polyester. Edward tackade Walton ganska hjärtligt och stängde sen till om sig själv och den berusade vännen från förr. Edward[2] höjde dock då rösten i Edwards huvud och sa: "NU duger du minsann. Nu i nödens stund." Tegelkrona kände sig även själv lite nergången och blev plötsligt illamående. Han lämnade sin gamle vän sittande på golvet i hallen och gick ut på balkongen, som vette rakt åt väster. Med utsikt över Viktor Rydbergsgatan och Dobermanngatan.

Himlen lyste solklar denna höstdag. Det var i rymden en sådan där kristallklar luft som man kan se miltals genom. Några fåglar tycktes tro att det redan var vår, och de flög upp och ner, sidställde ibland sina roder, gjorde loopar, stallade, ryttlade, dök, föll, skevade, o.s.v. Till slut sänkte de sig allihop på samma gång ner på gräsmattan, där de hade sin hangar under några buskar, i ett näste av halvtorra kvistar med enstaka gula, torra löv på. Där satt de sen och småpratade om sina kommande ungar, som förmodligen knappt var påtänkta. Under tiden som Edward med en ömhet, som framdrevs av ett plötsligt anfall av eskapism, betraktade dessa varelser andades han metodiskt djupt in genom näsan och ut. Efter en stunds djupandning, medan han lyft blicken och beskådat de tunna molnstrimmorna uppe i den vänliga molnfria stratosfären, kunde han till slut slappna av. Då hördes det ett vrål inifrån lägenheten:

"Edward!"

Edward hade inte hunnit ställa om. Vad han väntat sig när Melbourne ringde var så långt ifrån hur det blev. Nu hade han praktiskt taget att ta hand om ett barn. Och det han hade väntat sig var ju mer en filosofisk diskussion om etiska system. Eller om yoga. Och om universitetets befordringsgång. Sådana de hade brukat ha. Och nu blev det istället att sätta Melbourne i duschen.

Edward tänkte för övrigt numera dagarna i ända på *hur* han skulle skriva en bok, om han nu skulle skriva en bok. Han visste att det viktigaste med boken skulle vara, att den var spröd. Man skulle ana vad alltihop handlade om, utan att man nödvändigtvis behövde skriva ut det. Något annat som man definitivt skulle söka ha som ingrediens var en missuppfattning, eller två, eller varför inte rent av en serie vanföreställningar. Således skulle huvudpersonen lida av en vanföreställning om personerna i sin omgivning, medan de å sin sida också skulle lida av en sådan angående huvudpersonen. En annan sak, som inte var dum att ha med, var det att man skulle ha en huvudhandling (som då anades) medan en parallellhandling hela tiden skulle pågå i fjärran, som skulle ge relief åt huvudhandlingen. Sedan kom den mer intensiva estetiken in. I denna kom det viktigaste: det allra viktaste var nämligen att man inte skulle ha samma tryck i berättelsen hela tiden, men att man ibland tryckte ordentligt, medan man ibland annars bara *fjäderlätt* beskrev vad som skedde. På det viset fick man liv och puls och färg i texten, samt drog med en rent sanslöst stark obeveklighet läsaren in i sina garn. Detta är ju vad författeri går ut på: att infånga läsaren och förvandla densamme till slav.

Givetvis hade Edward massor av andra små regler och förhållningssätt för den kommande boken, - som att den skulle innehålla en MYT - men dessa var dock de allra viktigaste. Dessa var huvudmallarna. Men UTAN MYT, INGEN BOK. Det visste han. Ingen bra bok. Sedan var det meningen, att resten skulle följa av sig själv – av nödvändighet - och av själva processen och av den naturliga talang som Edward trodde sig besitta. Man kan inte säga att Edward var helt säker på, att dessa knep – om man kallar dem så – skulle leda till önskvärt resultat, och så kunde han också dagarna i ända gå och grubbla och fantisera och i andanom pröva dem med små ansatser till berättande. Edward kunde också varje dag börja ett tiotal romaner, och så – kännande det genialas vingslag - låta bli att fullfölja dem. Ingen av inledningarna var dålig, men han ville känna att han kom med en rent obetalbart bra inledning, innan han faktiskt satte sig att skriva ner vad han tänkte. Ty allt försiggick i huvudet på honom medan han var sysselsatt med annat. Som nu till exempel, när han höll på att duscha Melbourne. Edward tänkte på massor av saker.

Det var verkligen något ohyggligt så mager och smutsig karln var! Men Melbourne – som kallade sig själv ”Wellworn”, i det att läppen nu svullnat upp till en halv tennisbolls storlek - tycktes njuta både av duschen och av att vara naken. Melbourne log och Edward vred på kranen och lät ömsom hett, ömsom ljummet vatten strila över huvudet på gästen, som halvsatt naken på det gröna golvet i duschen. Melbourne Berg sneglade upp mot Edward utan att bekymra sig om att vattnet rann ner i ögonen på honom. Kanske var alla reflexer utslagna, tänkte Edward och motstod frestelsen att rikta duschmunstycket direkt i ansiktet på Melbourne. Denne tycktes, med receptiviteten hos en autist, ana Edwards tanke och log momentant därför snett. Vad Edward och Melbourne alltid delat, det var bland annat sinnet för humor.

Efter det Melbourne var duschad och Edward fått på denne en ren vit tröja och rena blå byxor placerade vår hjälte sedan Melbourne i den långa gröna tygsoffa som stod invid fönstret och där, under två filtar sov snart gästen – som ju ursprungligen var en överklassyngling, men nu mer en utsliten gubbe - ljudlöst av sig ruset. Inte ett vettigt ord hade Edward fått ur honom. Melbourne visste dessutom om att han var full. Och att det gav honom ett överläge. Ansvarsfrihetens överläge. Inget ovanligt hos berusade.

Trött och irriterad gick Edward återigen fram till fönstret som vette ut mot gräsmattan och gatan, där buss No. 18 stretade fram 24/7, och han noterade att det snabbt nu blivit småmulet och faktiskt regnade lite smått samt att det började mörkna. Serviceaffären tvärsöver vägen lyste med sina neonskyltar och Edward tänkte att on han tog fram kikaren, så skulle han kunna se vad som stod på löpsedlarna. Han brukade faktiskt läsa nyheterna på det sättet. Trots att han hade internet.

Höstar var – i det att de var förnuftets och eftertankens tid - generellt tråkiga, tänkte han. Inget brukade egentligen hända på höstar, dristade han sig att subjektivt konstatera. Edward själv satte sig sedan i sin lätt sneda tvfåtölj – medan Melbourne snarkade - och tittade en stund på *eurosport*. Man visade beachvolleyball från Australien.

Och reklam för Dubai. Sen värnade man en stund om miljön i ett reklaminslag som väl varade tre minuter. Sen var det flygbolagsreklam. Sen var det reklam för miljön. Sen var det reklam för en olivoljeodling i Spanien, som sträckte sig över hela tv-rutan. Efter en liten stund, och trots att klockan endast var två på eftermiddagen så sov också Edward. Den sista tanken han hade innan han sjönk ner i Morfei famn var den, att han hade svårt att ta någonting alls på allvar. Han undrade samtidigt om det nånsin skulle bli någon förändring på detta sakernas tillstånd. Han njöt av denna samtidighet.

Vid halvtretiden vaknade Edward, och då Melbourne låg och sov, eller åtminstone tycktes sova, - vilket det var, det spelade ju ingen roll - beslutade sig Edward för att gå och köpa en kanelkrans på *Willys*. Melbourne skulle ju komma att nyktra till. Edward tillverkade en snygg lapp med orden:

> *Gått till Willys. Kommer*
> *om en halvtimme.*
> */ Edw.*

När Edward kom tillbaka, så var Melbourne borta. På baksidan av den lapp, som Edward lämnat åt vännen, stod skrivet:

> *Åker till Stockholm.*
> *Vi ses en annan dag.*
> */ M.*

Edward blev med detsamma så upprörd att han gick och ringde på hos grannen Castor, men eftersom ingen svarade gick han åter in till sitt och satte sig vid köksbordet. Klockan var kvart över tre. Han märkte inget konstigt i trappuppgången. "Ett sådant svek.", så lumpet, så oerhört tarvligt, tänkte han — som ju också blivit av med ett par fina blå jeans - och förberedde sig i detsamma till att ägna resten av veckan till att fundera dels över svekets natur, dels över vansinnets koppling till missbruk. Samt människan som sådan. Människan.

Dessa ämnen borde ju vara tillräckliga för att få veckan
att gå.

Kanelkransen tog Edward och stoppade i en plastpåse,
som han sedan bar ut på sin balkong där han hade ett
gammalt kylskåp stående, som tjänade som naturskaf-
feri. Det var inte kopplat till elnätet men antog — ef-
tersom det genomborrats av massor av hål - alltså om-
givningens temperatur, vilket just nu var höstens relativt
lämpliga temperatur för kanelkransart och liknande. Så
där mellan 5 och 15 grader. Edward ställde sig sedan en
stund vid balkongräcket. Balkonger är ibland räddning-
en. Asylen. Han hade en gång för länge sedan skrivit en
hel liten bok om balkongernas betydelse i Europeisk
prosa mellan 1898 och 1924. Den hade han dock aldrig
publicerat. Missmodet närapå stank omkring honom.
Han hade inte känt sig så sviken och besviken på åratal.
Det var så att han mådde illa av alltihop. Om man hade
kunnat kräkas upp besvikelsen, så hade han gjort det.
Men det gick ju inte. Tankfull och svärande gick han in i
lägenheten igen och tänkte att måhända kunde Vivaldi,
som alltid, åtminstone göra något i detta läge lättare.
Han var på väg till hyllorna med alla cd, 5 hyllor intill
köksdörren, när han irriterat noterade, att det plötsligt
blivit ett väldigt oväsen i trapphuset. Hans ytterdörr var
av det äldre, tunnare slaget, och utan nyckeltub, och
ljuden av skrik och spring genljöd och man hörde att det
var en kollossal oro, inte likt karneval, inte likt födelse-
dag eller så men mer likt någon slags katastrof. Raskt
tog Edwards de fyra stegen till ytterdörren och öppnade
halvt och kikade ut. Människor röda i ansiktena sprang
upp och ner för trapporna. Vissa grät, alla skrek.

"Vad är det??" ropade Edward.

"Någon har blivit mördad. I tvättstugan!" skrek en för
Edward okänd flicka med ett lila hår, som stod som en
kvast uppåt himlen. Hon höll med båda händerna hårt i
slagen på sin urmodiga mörkblå duffel.

KAPITEL TVÅ.

Trapphus i höghus är vanligen inte alls några hus, men ett slags mycket högt rum, i vars mitt slingrar sig en trappa från bottenvåningen ända upp till vinden. Ibland cirklar trappan runt hisschaktet, andra gånger strax intill. Hur som helst så är detta rum vanligtvis alltså jättelikt, ja av en överindividuell storlek och av en mycket ensartad och originell karaktär. Trapphus är förmodligen de enda rum man vistas i, där man endast har överblick över så där en 10 % av rummet, medan de övriga 90 procenten är dolt för ögat.

Utan att på något vis påstå att detta rum är mystiskt, så är det ändå så, att man knappt någonsin begriper sig på detta rum, där ingen bor. Det är egendomligt, bland annat eftersom det ju är designat av nödvändigheten och inte av tillfälligheten. Nån form av trappa måste finnas.

Som detta med lukten. Trapphuset har en konstant växlande lukt. Dels kan man vissa dagar i trapphus känna lukten av mat som stekt fläsk eller vetebrödsbak. Andra dagar luktar det mer av skurtrasa. Vissa dagar sitter lukt kvar, andra inte. Andra åter av vidbränd spis, och åter andra av tvätt, ifrån tvättstugan. Någon enstaka dag kan det lukta mer eller mindre tungt av lik eller av åska.

Dagtid är det inte lätt att veta, för en person som befinner sig i ena änden av detta paradoxalt höga rum, om det i den andra, eller mitt i, befinner sig någon annan person. Akustiken i ett sådant här rum är kollossalt nyckfull. Man kan långa stunder tro sig alldeles ensam, och att ljudet man hör kommer från en buss eller en fjärran byggkran, eller en film på TV nånstans, och i nästa ögonblick så dyker det upp framför en själv en livs levande människa och förvånar en. Man trodde sig vara ensam och allena, men man var det inte.

Om man går i trappan och läser på dörrskyltarna, så är ofta bara det ett litet äventyr. Man kan – om man har gott om tid - inbilla sig, och föreställa sig, vad som finns bakom. Kanske döljer sig t.ex. bakom dörren med namnet "Acosta" en minimalist, eller en som har möblerat över-

dådigt och till och med har ormar och katter som leker
där inne och slingrar sig, äter ur korgar i taket och hop-
par i repgungor. Man vet inte.

Ibland kanske man inte kan hålla sig, utan man ringer
helt frankt på, för att fråga om inte möjligen en viss "Ab-
rahamsson" bott där. Vanligtvis är ingen hemma och
man får alltså inte se ens hur det är möblerat i hallen.
Andra gånger öppnas dörren lite på glänt och en ofantligt
gammal dam med kritvitt ansikte och glesa hårtussar på
huvudet frågar med spröd, nästan viskande, stämma,
kryptiskt: "Ja?". Sällan blir man dock helt insläppt.

Vissa dagar är trapphuset ljust och behagligt och man
kan tycka, att det är det mest fridsamma rum som man
varit i. Andra dagar är det kallt och hårt och fientligt och
man vill därifrån snabbt.

Även nu, i mobiltelefonernas tid, så kan man här se och
höra kvinnor stå och samtala i trappuppgången. För
många kvinnor just tycks detta rum vara en idealisk
asyl, en behagligt ekande tillflykt, där man befinner sig
mellan hemmet och världen. Ofta, och nästan plötsligt,
tycks det då inte finnas någon ände på de samtal som
hålls i trappuppgången. De andas en kosmisk frid och
man tror att den hemliga meningen med dem är en bön
till en okänd frälsare om att det alltid måtte vara som det
är, allting, eller åtminstone inte värre. Som det ju ändå
alltid blir. Ty vi är ännu inte eviga. Som Gabriella Mis-
tral skrev:" Evigheten är, att allt är som det var." Som i
en bok alltså. Så är det alltså aldrig. Ty det är och blir
alltid värre. Även om detta är en definitionsfråga. En
definitionsfråga, som bara blir värre och värre.

KAPITEL TRE.

Kommissarie Abraham Bastionspetz var en kortväxt,
normalbegåvad, atletisk man med tunt, svart hår på ett
stort, vackert huvud. Han var en populär kommissarie
som först och främst tänkte på sina underlydande. Han
var vanligen klädd i grå kavaj och blå jeans.

Bastionspetz satt denna småregniga dag på spårvagnen på väg till Gamlestan. Han skulle till sin tandläkare, som hade sin praktik just i närheten av Olskrokstorget. Vagnen skakade och gnällde på sin krokiga väg mot Göteborgs östra stadsdelar och dessa rörelser kom Bastionspetz att sluta ögonen och dåsa till. Solen kom hösttrött då och då att glimtvis och svagt lysa in i vagnen och spela över de resandes bleka ansikten. Egendomligt också att det då och då var alldeles klart väder, för att sen plötsligt bli grått och regnigt, tänkte polismannen, då det just ringde i mobilen. Men vädret nuförtiden var knappt alls förutsägbart. Två små barn, en pojke och en flicka, som satt med sin unga schalettförsedda mor, som talade i mobilen, lekte med en egen mobil på bänken mittemot. Bastionspetz själv var i femtioårsåldern och hade inga egna barn, och han mötte i sitt arbete på mordroteln sällan småbarn och betraktade dem alltid med häpnad och försiktighet. När han nu själv svarade i sin mobil så upphörde de båda barnen med sin lek och vände sina ansikten mot honom i road förväntan. Den lille pojken tycktes mena att man kunde ta ett foto av Bastionspetz. Bastionspetz såg att samtalet kom från hans kontor på Danska Vägen, tryckte på grön lur och satte telefonen mot örat.

"Det är Ada." hördes en spänd kvinnoröst. "Det är nyheter från Abrovinschgatan. Ett mord."

Efter en hastig blick mot de båda barnen, varav flickan som såg ut att vara av romskt ursprung, nu i sin tur granskade honom särskilt intensivt, reste sig Bastionspetz upp och sa:

"Repetera, kom!"

"Massor av blod."

"På Abrovinschgatan? Där vi ..."

"Jepp."

"Var e du själv?"

"Kontoret."

"Vilka är där då."

Bastionspetz, sneglade lätt mot flickan, som fått en bekymrad min, nådde spårvagnens dörr, som just öpp-

nade sig vid Gamlestads Torg, där det alltid såg ut som
en byggarbetsplats, vilket det var.

"Mantelstjärna. Jag åker dit nu."

"Jag kommer. Är på spårvagnen vid Lunden."

Han var inte alls vid Lunden, men hade dåligt lokalsinne.

"Bra." sa Ada och la på.

När Bastionspetz skulle kliva av vagnen ropade den
lilla flickan efter honom:

"Hej dååå!"

Bastionspetz kände ett styng av melankoli i bröstet.
Varför hade han själv inga barn?

Efter ungefär en halvtimme var både Ada och Bastionspetz på plats på den aktuella gatan. De passerade avspärrningarna, som Agnes Mantelstjärna och dennas
kollegor satt upp, och kom via en gråmålad ståldörr ner i
tvättstugan där offret fortfarande låg i den position som
hon hittats. Ty det var en kvinna.

Rättsläkaren, "Bing" Carlsson, en lång, oerhört inbilsk
(enligt polisens HR-avdelning), vesslelik, man runt de
fyrtio, mest intresserad av lyxkrogar och jet-set-liv, hade
just hunnit ta på sig sina skyddskläder och gula handskar och avancerade nu, halvt under överinseende av
Bastionspetz och Ada fram till den olyckliga, som tycktes
ha dött omedelbart av ett hårt slag i bakhuvudet med
okänt föremål. Något föremål syntes nämligen inte till.
Hon bedömdes av Abraham vara en kvinna i 65-
årsåldern. Hon var för övrigt klädd i en skotskrutig klänning samt en ljusblå ullkofta. Hennes hår var kastanjebrunt, färgat, och nu även tovigt av klarrött blod. Hon
låg på magen, raklång framför en MIELE tvättmaskin,
där hälften av innehållet trillat ut på golvet. Så låg bredvid henne lakan, blusar och underkläder, som alla delvis
också de var bestänkta med blod. Det är ju så med oss
människor att, inte bara ha vi sex liter blod inombords,
men vi har även en högtryckspump som arbetar, och som
även brukar arbeta en bra stund efter döden. Så vispas
det oftast iväg en hiskelig massa blod ifrån en, om någon
slår sönder en. Och detta var vad som hänt denna hyres-

gäst på Abrovinschgatan i hennes livs finalminut. Huvudet lutade ner mot golvet mitt i en blodpöl. Ada mådde illa.

Rättstekniker från Bastionspetz´ vanliga akutteam, under ledning av konstapel Kondrad Pettersson, var på plats och tog foton. Klockan var nu c:a 16:45.

"Förfärligt", sa Bastionspetz, skakad.

Ada höll darrande för ögonen. Bastionspetz ledde ut henne ur tvättstugan och fram till Agnes, som – mer robust som hon var - just läppjade på en *Coca-Cola*, medan hon bläddrade i sin anteckningsbok.

"Vem fann henne?" frågade Abraham försiktigt. Alla tre hukade sig automatiskt, ty det var lågt i tak i källarvåningen och i taket löpte mängder av vitmålade rör bara centimetrar över deras huvuden i alla riktningar.

"En ung man som heter Didier Hansson … från tredje våningen. Han sitter och gråter i cykelrummet här intill. Vi har en läkare åt honom just nu. En Dr. Berger som dom har skickat."

Agnes var en mager och kantig poliskvinna runt de trettio med det blonda håret uppsatt i en vårdslös knut under polismössan. Hon lossade på den blå skjortkragen och tittade på sin armbandsklocka. Bastionspetz såg på sin. Hon var ju nu snart fem. Kunde mordet möjligen skett kring tre? Här sprang ju mycket folk en vardag, tänkte han också. Så det bör finnas fler vittnen.

"Vad såg han då? Didier. Såg han någon förövare?"

"Nä, ingen alls. Bara kvinnan. Hörde inget heller. Han skulle sätta upp en tvättid."

"Muntert! Detta blir inte lätt", sa Bastionspetz, som just förmått Ada att öppna ögonen igen. Agnes tröstade också Ada. Den spröda mörkhåriga polisassistenten tycktes ha genomgått en kris inne i sitt huvud, ty pupillerna mitt i de bruna ögonen - hon var judinna - var små som knappnålshuvuden och rösten svag och skälvande. Ada var inte stark, då hon led av kronisk schizofreni, - en oerhört tröttande sjukdom, om inte annat. Hon arbetade sedan något år på dispens från Inrikesdepartementet, men/och hon var högt vördad och mycket uppskattad av sin chef, den skallige, trygge och förtänksamme Bastion-spetz. Hon räknades som en begåvning.

"Jag tror jag känner henne...", sa Ada.

"VA! "skrek nu unisont både Agnes och Abraham till.

"Ja, jag ... jag tror det är min gamla lekskolefröken..."

Detta förklarade ju kanske delvis hennes chocktill-stånd.

"Vad heter ... hette..."

"Dora Pinnolte. Men hon kallades för Grit."

"Jaha."

Agnes Mantelstjärna antecknade, vänsterhänt, i sin bok. Ibland skrev hon baklänges, som ett chiffer, men inte just nu.

KAPITEL FYRA.

Edward satt framför sin släckta *Samsung* LED-tv, och lyssnade utåt farstun efter steg, rop eller knackningar. En ung polis hade artigt – inne hos den bortkomne och småkorkade Castor - bett honom gå in och vänta i sin egen lägenhet, då det skett ett allvarligt brott i fastighet-en och man ville veta var alla människor var.

Edward avskydde att vänta. Men som händer i väntans stunder, så började han spekulera. Kände han offret? Förmodligen var det någon i huset. Tänk om det var ... och ansikten flög liksom försöksvis framför ögonen på honom. Inte tydligt, ty han hade förlorat förmågan till eidetisk seende för länge sen i samband med att han fallit och slagit huvudet i en sten under en promenad på en skärgårdsö. Han fick nöja sig med suddiga bilder. Även i drömmen var det så. Bara otydligt och liksom bara an-tydningar av varelser. Plågsamt, men verkligt. Även om man verkligen behövde föreställa sig något i bildform, så gick det alltså inte.

Det var nu sent på eftermiddagen och det var redan nästan helt mörkt ute. Edward tände inte ljuset. I trapp-uppgången var det nu för tillfället lugnt. Kanske man skulle vänta tills i morgon med att förhöra hyresgäster-

na, tänkte han. Jaja. Han fick väl tänka på något annat.
Men att det skulle ske fler mord just i hans egen trapp-
uppgång, det var ju bara lite väl mycket. Hade inte redan
två människor satt livet till här i somras? "Vad var det
för fel på mördare?", undrade Edward, då han hörde en
knackning på dörren. Edward rusade ut i hallen och
öppnade raskt. Det var Bastionspetz med Ada i släptåg.
Ada, som log generat och verserat, bar en liten burk
Coca-Cola i handen. I Edwards huvud blixtrade det fram
ett par rader ur en bok av Tomas Bernard, men i nästa
ögonblick var de helt borta.

KAPITEL FEM.

Bastionspetz hade tidigare nere i källarvåningen haft ett
kort samtal med Dr. Berger om Didier Hansson, som
fortfarande befann sig i upplösningstillstånd, den unge
grabben. Doktorn hade förklarat, i det denne tvinnade
sitt långa svarta skägg och såg ut som en som praktiserar
animal magnetism, att pojken var i chock och inte kunde
förhöras, men att denne behövde sjukhusvård. Så måste
man låta de två åka till psykakuten på Östra Sjukhuset,
menade doktorn. Didier upprepade för vem som en hörde
på, att han såg den mördade framför sig. Agnes Mantel-
stjärna ringde efter en ambulans åt dem och Bastion-
spetz och hon själv följde dem ut bland stirrande grannar
och sammanbitna kriminaltekniker.

Sedan hade Bastionspetz anslutit sig till Ada Rehn,
som tagit sig an uppgiften att undersöka den mördades
lägenhet, som befann sig på sjunde vången, högst upp i
huset. Hon och polisassistent Arundel, den gamle, hade
brutit sig in med kofot – då man i hastigheten inte hade
funnit några nycklar - och kunde sedan endast konsta-
tera att lägenheten såg just så ordentlig och vanlig ut
som vilken annan medelålders kvinnas. Ingenting, abso-
lut ingenting avslöjade något som helst originellt med
Grit Pinnolte. Denna tycks ha levt ett ensamt och hän-

delsefattigt liv som kommunanställd inom barnomsorgen ända från tonåren.

Ett foto på en byrå visade hennes eget ansikte. Ansiktet var brett och blicken en aning beslöjad. Näsan var naturligt bucklig och munnen fyllig. Hon log mot någon som stod bakom fotografen. Hennes långa ljusa hår var prytt med en röd rosett vid tinningen. Klänningen vit, och hon hade en liten Bassettvalp i knät.

"Hur gammal var hon?", frågade Bastionspetz Ada, som stod och rotade i en byrålåda.

"Det ligger ett pass här", sa judinnan", ja, hon bör ha varit 65."

"Ah. Hur var hon som lekskolefröken då?"

"Ja, ganska ängslig. Ofta fick vi trösta henne lite. Ibland fick man tala om för henne hur saker och ting fungerade, som elproppar och cykelkedjor och sånt."

Ada stannade upp och såg ut genom fönstret, men utsikten var ju bara en blek husfasad på andra sidan busstråket, i halvskymning. Bastionspetz ägnade en stund åt att se på tavlorna på väggarna. Grit hade haft en god tavelsmak. Överallt fina, enkla tavlor, med slående färgtreklanger, föreställande hav och båtar, fiskelägen och segelskepp.

Ada tog upp en sammetsdyna från spiselhällen invid den öppna spisen och visade Bastionspetz.

"Ordnar, flygarmärken, flygmedaljer, pilotutmärkelser. Flög hon?"

"Nä, här står det: Martin Pinnolte."

"Vem e det?"

"Ingen aning. Vi måste få tag på nån släkting. Kanske hennes man, då? Före detta. Eller bror. Detta är ju förfärligt."

Bastionspetz satte sig och googla på sin mobil, men lönlöst.

"Det finns ingen mer "Pinnolte" mer än Grit."

Så var de två utredarna nu än mer bedrövade.

"Hon kom nog från öarna," sa Abraham, som fortfarande stod och såg på en stor sjötavla. Med detta uttryck menas i Göteborgstrakten att man härstammar från födseln från antingen Göteborgs Norra eller Södra skärgård. "Men vi kommer ingenstans här. Vi måste få tag på nån som kände henne. Helst nån i huset. Skall vi börja med vår vän privatdetektiven."

"Privatdetektiven?" sa Ada, som läste i passet, konstaterandes att semesterresor företagits till både USA och Barbados. Men för rätt längesen.

"Ja, Tegelkrona."

Ada rodnade.

"Skulle han ha känt Grit? *Never*."

"Nä, men han har god uppsikt över alleman. Vi hör med honom först." Bastionspetz sneglade på Ada.

Så gick man ifrån Grit Pinnoltes nu gränslöst tomma hem, och efter man klistrat upp avspärrningsband för den trasiga teakdörren, så begav sig det lilla kriminalpolisteamet iväg ner de fyra våningarna ner till Edward Tegelkronas lägenhet för att ringa på. På vägen ner passerade man en lägenhetsdörr genom vilken hördes tydligt Dolly Partons stämma. Bastionspetz noterade detta, som det också var en av hans *guilty pleasures* att då och då försjunka i denna stämmas dubbelhet. Det var Spegeltrases lägenhet.

"Hur kan man överhuvudtag heta Spegeltrase?", undrade Abraham.

Ada svarade inte.

"Du,", sa Ada istället, "vi kan inte bara släppa pojken så där. Tänk om det var han som gjorde det?"

"Inte.", sa Abraham och strök med vänster hand över flinten, därvid liksom i förbifarten dragandes en liten hårtest över det tomma området. "Han var inte det minsta blodig, såg du ju."

"Vi vet inte hur det gick till, ju. Vi måste tala med Bing om hur han trodde slaget föll. Och varför inte skicka Greg till sjukhuset för att söka få ett förhör. Eller Tilger."

Bastionspetz slog en signal till Bing. De pratade en stund. Sedan refererade Bastionspetz för Ada, som stirrade på en namnskylt på dörren intill Edwards, där namnet "Palam" syntes, vitt mot svart botten.

"Jo, Bing sa att det var ett hårt slag, men inte direkt dödande. Troligen levde Grit ett par minuter i alla fall. Hon hade rört sig efter slaget, men det är inte troligt, att hon hade försvarat sig på något sätt. Hon verkade helt enkelt blivit nerslagen bakifrån."

"Så grymt." sade Ada.

"Hon kanske aldrig såg mordaren." sa Bastionspetz, "Hon kanske aldrig begrep att hon dog."

Det ringde i Bastionspetz mobil. Agnes Mantelstjärna, Bastionspetz´ teamkamrat, meddelade att ett par journalister stod utanför fastigheten och bad om en kommentar. Bastionspetz bad Agnes ta det, och att hålla sig till lite allmänt prat. Agnes gick därför ut på trottoaren och mötte det lilla uppbådet. En liten folksamling stod på gatan, och på gräsmattan nu även två pressbilar, en från Västnyheterdirekt. En storväxt journalist vid namn Sven Tryggve ville ha besked om vad som hänt i den numera ökända fastigheten, där man nu tycktes kunna vänta sig ett mord i veckan.

"Vi är i början på undersökningen.", sa Agnes. "Vi har långt till fakta om vad som har hänt. Jag kan faktiskt inte säga mer än att en äldre kvinna troligen har blivit mördad."

"Troligen?", undrade Tryggve.

"Ja, man skall inte dra förhastade slutsatser.", sa Mantelstjärna.

KAPITEL SEX.

Tegelkrona bad de två kriminalarna att sätta sig i den långa gröna soffan han hade ståendes invid fönstren. De kände ju varann allihop sedan i somras, då Tegelkrona t.o.m. ett slag varit misstänkt i fallet Lene Jensen. Edwards lägenhet var liten, en enrummare, smockfull med bokhyllor, plus en säng, det var hela möblemanget. Intagande av mat och dryck skedde från en taburett som stod vid sidan om tv-fåtöljen.

De två besökarna ställde sig mitt i rummet, vilken praktiskt taget var den enda plats som var stor nog för två. Ovanför sängen hängde en slags tavla, eller ett anslag, med ett med märkpenna textat inramat citat, och den tycktes avslöja något om Edwards författardrömmar:

(G. Flaubert)

"Vad är det som har hänt i huset?" undrade Edward. "Man säger: ett mord. Och man viskar om att det skall vara en kvinna. Vem?"

Ada och Abraham såg sig omkring i lägenheten. Abraham noterade att Edward hade en värmefläkt igång.

"Känner du, eller känner till, Grit Pinnolte?" frågade kommissarien.

"Det måtte vara den mörkhåriga, ... som bor högst upp?"

"Ja, hon är mörk."

"Är det hon ...?"

"Ja."

"Mördad?"

"Ja."

"Jag vet ingenting", sa Edward.

"Vad har du gjort idag?" undrade Ada som nu rört sig mot en bokhylla och stod och fingrade på det något luddiga skinnet till en inbunden bok med Robert Burns samlade dikter. "Thet loosed on me a lang man, a strang man, a meickle man.", reciterade Ada tyst ur minnet. Hon var av en slump bekant med Robert Burns, och eftersom Ada hade perfekt minne, och aldrig glömde någonting, så var det en enkel sak att bläddra bland de dikter, som en gång författats vid värdshusbord idet inre av Skottland av den pilske barden.

När Edward nu också betraktade Ada, denna varelse som han hyst så ömma känslor för i somras, så hoppade det till i bröstet. I detta samma digra ögonblick fick Bastionspetz ett meddelande på sin mobil. Han hade just suckande tittat ut i nattmörkret genom fönstret för att se efter om det regnade. Han plockade nu fram *androiden* ur en sidoficka och läste snabbt texten.

”Ahaa.” sa han.

”Vaddå?” sa Ada, nästan på skotska.

”Ah, det var ingenting.”

De både poliserna vände åter sin uppmärksamhet mot Edward, som de betraktade med viss misstänksamhet. Bastionspetz hade en bestämd uppfattning om att Edward var själva nyckfullheten personifierad.

Edward kände sig plötsligt som en logisk atom, och han stirrade därför suckande tomt ner i golvet.

”Ja, idag alltså? Vad...” fortsatte Ada.

I detsamma ringde det i Edwards telefon.

Han reste sig ursäktande och gick ut i hallen för att ta samtalet. Det var Melbourne som ringde.

”Hej” sa denne, nyktert.” Jag ber så mycket om ursäkt. Jag var mycket indisponerad förut. *Excusez moi! Donc!*”

”Men herre gud! Ja du ställde då till det. Var e du nu då?”

”Jag är hemma. Men jag skulle vilja ses.”

”Nu?”

”Nä, men imorgon. Ty jag ämnar resa till sommarpalatset en sväng.”

´Sommarpalatset´ var den småförnäma släkten Bergs retreat, och det låg i Bohuslän, i en liten ort som hette X-bo. Edward hade varit där helt kort i sin ungdom, då Melbourne och han hade badat i sjön som kunde nås från tomten via en tunnel.

”Vi får tala mer senare i kväll. Efter midnatt. Jag har polisen här.”

”Polisen?”

”Ja, jag ringer.”

”Okey. Eller kan jag komma i morgon klockan tolv?”

”Okey. Kom då!”

”Fint, jag kommer.”

Melbourne lade på och Edward fick ta några extra djupa andetag för att komma i balans och från den lilla hallen med den långa spegeln åter träda in i rummet, där de två kriminalarna samtalade med låga röster.

”Jag fick besök av en gammal vän. Igår.” sa Edward.

"Berätta! Hur dags?"

"Kanske klockan två."

Edward berättade vältaligt och utförligt om besöket. Han kände sig ganska så övergiven av världen, och han tänkte, att inte ens hans syster skulle orka höra på berättelsen om Melbourne, då systern avskydde missbrukare. Poliserna var betydligt mer vidsynta, tänkte Edward.

"Men då lämnade ju denne Melbourne din lägenhet i samband med mordet vi undersöker...", sa Ada trevande, i det hon sneglade på Bastionspetz.

Detta slog ned som en bomb hos Edward.

"När lämnade denne Melbourne din lägenhet? Ungefär? Så precist som möjligt..., heter han Melbourne?", nu var det Ada som ifrågasatte ett namn på en människa. Bastionspetz noterade detta med ett litet leende, och han tänkte att detta var en liten skämtsam passning från Ada till honom. Som en liten puff med armbågen, eller mer.

"Ja, klockan tre ... Ja, han heter det."

"Var finns denne Melbourne? Du har möjligen inte ett foto av honom? Eller har han *facebook*?" sa Bastionspetz, som nu antecknade med en *Bic* i en liten svart bok med böjliga pärmar. Alla poliser har ju en liten svart anteckningsbok, där de skriver ner nummer på felparkerade bilar och annat.

Edward gav poliserna Melbournes adress i stan och på landet, ty det fanns i Tegelkrona ett mycket starkt överjag, som allt som oftast tog kommandot, särskilt om han själv - inklusive Edward[2] - gynnades av det. Sedan visade Edward en artikel i en tidskrift, som fanns på nätet, där det också förekom en bild på Melbourne. "Melbourne Berg, Fil. Dr.", stod det. Ada rollade snabbt fram bilden på sin telefon, kopierade den och överförde den genom klistring till "lagring, SD-kort".

Poliserna lovade att återkomma, och de besvarade inte frågorna om hur mordet gått till eller något om offrets skador. Inte heller om eventuella vittnen. Så var nu Edward lämnad i okunskapens mörker, och han hade dessutom att ta ställning till hur det var fatt med Melbourne, egentligen, och vad han skulle göra åt det faktum att vännen, mitt i all dennes nyckfullhet, tydligen behövde hans stöd. Abraham och Ada var nu ute i farstun och de beslöt sig vid en check med klockan, som nu närmade sig 22.00 att kalla till möte på polishuset med utredningsgruppen, för att samla all information de hade. Klockan 23.00, avgjorde kommissarien och stoppade anteckningsboken i högra sidofickan på kavajen, den bruna av manchester. Man var blott alltför medveten om att det var de första 24 timmarna som var de allra viktigaste, när ett mord skett. Och här hade man nästan ingenting. Av någon outgrundlig anledning. Troligen hade man agerat så taffligt bara för att man varit här förr, och inte kunde glömma vad som hänt den gången. Man kände sig som om man befann sig i någon form av cirkel. Den gången hade mördaren funnits som hyresgäst i huset. Var det likadant denna gången?

På väg ut till Bastionspetz´ *Volvo* smusslade Ada med en tablettburk i fickan. Att hon inte fick vara ifred för allehanda gestik, bilder och mummel ifrån sitt Drömjag, inte ens när det gällde att klara upp ett mord!! Hon hystade i sig en *Stesolid*, en *Truxal* samt valde bort en *Haldol*. Hon körde med gamla pålitliga preparat, även om dessa var de med mest biverkningar. Ada var en strong donna. Hon hade en fanklubb i polishuset. En hemlig. Den bestod för närvarande av hela poliskåren.

KAPITEL SJU.

Polisassist Tilger Berg var en av Bastionspetz mest pålitliga och kompetenta underlydande. Han hade utbildning i brottsplatsundersökning, som han skaffat under en stipendievistelse i USA. Tilger hade ett blixtrande intellekt, och många var de som avundades honom detta. Bland andra Bastionspetz, som i största allmänhet hade svårt för allting, utom för att fatta vettiga beslut. Vid sidan om Tilger, som var helt ung, hade teamet en annan betydande kraft. Greg Nelson. Greg var den yngste i

gänget, polisaspirant sen i våras, som i förnatten, vid 22-
tiden, satt vid bordet intill Tilger på våning 3 i polishuset
vid Skånegatan. Ja, det fanns i hela regionen inga så
skarptänkta poliser i Bastionspetz grupp som dessa två.
Bastionspetz var mer känd för sitt allmänt goda omdöme,
och sitt personliga mod, men ingen hade alltså någon
uppfattning att kommissarien ägde några speciellt ingå-
ende faktakunskaper om någonting alls här i världen.

"Okey", sa Tilger lätt. "Du vet vad Abraham vill. Om
jag tar och åker och hälsar på den chockade killen, så kan
väl du ta itu med att kolla övervakningskamerorna i
området. Det är ju den där..."

Greg, som hade en ring i vänsterörat á la Anders Borg,
avbröt honom.

"Jag vet. Servicebutiken på framsidan och kebaben på
baksidan. Jag glömmer ingenting, vet du?"

"Klockan är redan elva. Det får anstå tills i morron.", sa
han sedan. Tilger gjorde sig dock redo för att åka till
Östra Sjukhuset.

"Vi ska ju ha samling, enligt sms här ...", sa Greg.

"Kan inte släppa huvudvittnet." sa Tilger med bestämd
röst, "Det är inte rimligt. Tänk om han vet vem mördaren
är? Eller om det är han själv som har gjort det? Varför
först ringa polisen och sen, när vi kommer, börja gråta
och inte säga någonting alls. Men vilja till psyket. En ung
kille, - han lär studera matematik vid universitetet - ...
och bryta ihop, för att han sett en död! Det är något som
inte stämmer med den killen..."

"Asch, det är klart att det är grabben själv som slått
ihjäl tanten.", sa Greg utan att låta det minsta övertygad
om vad han sa. Det märkte Tilger, som reste sig och lät
stolen nästan välta bakom sig.

"Jaja", sa han sen, överslätande.

På vägen ut till parkeringen möttes Tilger av Kommis-
sarien och dennes alltid vänliga och klarsynta vapendra-
gare, Ada Rehn. Tilger förklarade vart han skulle, och
Bastionspetz meddelade Tilger nyheten om att en man
vid namn Melbourne hade traskat nerför trapporna vid
tretiden på eftermiddagen. Och Abraham sa att han en-
dera minuten skulle sms-a en bild på denne till både

Greg och Tilger, men så att Tilger kunde visa bilden för vittnet, Didier Hansson.

Tilger hoppade in i sin svarta *Mazda*, som var den bil han trivdes bäst i. Han ägde även en *Studebaker*, en helgbil. Båda var hans egna, men han sparade kvitton och annat och lät jobbet betala för *Mazdan*. Tilger gillade att köra bil. Trafiken var denna kväll, som visade sig bli småkylig, ganska svag. Han körde långsamt och iakttog blänket från gatlyktorna, hur det filmiskt liksom den ena efter den andra gled över lacken på motorhuven medan han sökte sig fram, nästan ljudlöst, mot infarten till den stora parkeringen invid Östra Sjukhuset, som var ett vidsträckt komplex fastigheter. Tilger hade aldrig varit inlagd, men åtskilliga gånger varit där på besök och i tjänsten. Han sökte nu, efter att ha parkerat bilen, upp receptionen efter att ha passerat huvudingångens i ett mörkgrått marmorblock infällda roterande dörr. Man hade här dygnet-runtöppet.

"Jag söker en Didier Hansson. Jag är från polisen.", sa Tilger och visade rutinmässigt upp sin polisbricka.

"Vilken avdelning?" undrade en blåhårig bastant dam, som, klädd i en uniformsliknande sjukhusdress, bläddrade på datorn.

"Psyk." sa Tilger.

"Avdelning 37. Hissen är där! Säg till om ni är beväpnad."

"Varför det?" Tilger studsade något inför detta ovanliga besked.

"Ni måste i så fall skyddas av några väktare."

"Herre gud... Det är nya tider nu."

Efter några minuter släpptes Tilger in på avdelningen. Pistolen lät han låsa in i ett skåp utanför. En skötare ledde honom mot läkarexpeditionen där han snabbt släpptes in till doktorn, som jobbade natt, en kvinna med slöja på huvudet, vid namn Ariana Nånting.

"Jag söker Didier. Hur mår han?"

Kvinnan, som hade ceriserött läppstift och stora sköldpaddsglasögon, och en intelligent blick, sade på bruten svenska:

"Han är tyst, och tjockad."

"Jaha ja. Kan jag få träffa honom?"

"Han sover. Det är natt nu."

"Har han alls sagt någonting om vad han sett med den döda kvinnan."

"Ingenting.", sa kvinnan och uttalade här ordet "ingenting" med hårt "g".

"Ja, då får jag väl ha det så trevligt jag kan och sätta mig och vänta i korridoren, tills han vaknar. Om det är okey?"

"Det är okey för mig. Ledsen att jag inte kunde vara till mer hjälp. På den tabletten han fick bör han sova så där sex timmar. Så du kanske kan komma tillbaka istället?"

Tilger tvekade, men sa sen att han kunde hitta en bekväm fåtölj och sova i och så kunde nån skötare väcka honom när Didier vaknat? Om detta var man snart överens. Tilger trodde att läkaren härstammade från Iran. "Duktiga flickor", tänkte han. Men varför i all sin dar ha läkare på en psykavdelning, som knappt kunde svenska. Ett psyke är ju till hälften språk, tänkte Tilger. Nå, det var ju läkarbrist.

Klockan var nu tolv, och det syntes bli en något obekväm natt för polismannen. Han insåg att det var lite vrickat att komma hit mitt i natten, men han hade egentligen inte något val. Mordutredningar tar inte hänsyn till natt och dag. Snart somnade han i en fåtölj med en gul sjukhusfilt över sig i ett halvmörkt dagrum. Det var lugnt på avdelningen och Tilger var glad över det, då han var övertygad om, att det på dessa avdelningar kunde gå ganska vilt till. Han hade en morfars bror som var fullständigt bindgalen. Innan Tilger sjönk in i dvalan tänkte han, att ville man ha ett bekvämt jobb, så skulle man inte välja polisens, men bli skräckförfattare eller något sådant.

Borta i korridoren i närheten satt en nattsköterska med likadana filtar som den Tilger hade över sig, om sina sjuksysterliga axlar och ben och läste en tjock roman, försedd även den med skyddsomslag.

KAPITEL ÅTTA.

Edward pustade ut efter polisbesöket. Han vandrade fram och tillbaka i lägenheten, så gott det nu gick. Den förtvivlat lilla yta, som återstod att promenera på, sedan den var möblerad med säng, soffa, bokhyllor och skrivbord och TV, var inte nog för att erbjuda mer än fyra långa steg i vardera riktningen. Så gick han nu denna sträcka till och från balkongdörren, fram och tillbaka, mumlande Melbournes namn, men även funderande på de båda poliserna och på vad det kunde vara för slags mord. Att Melbourne skulle vara inblandad var ju bara löjligt. Men Edwards strupe snördes ändå ihop vid tanken. Hur förstörd hade Melbourne blivit under de år de inte umgåtts? Vad fanns kvar? Vad fanns inte kvar? Vad hade tillkommit... osv? Han ställde sig sedan – i ett infall - framför hallspegeln för att skåda sig själv. I vanliga fall undvek han detta. Nu när han varit så mycket inblandad i saker och ting och hade visat upp sig för folk och diskuterat och haft sig, så undrade han vad det kunde vara för människa, som hans vänner och bekanta hade umgåtts med. Men vem var han? Själv? Han såg att kinderna hade fåror, som de inte haft förut. Öronen låg mer platt intill huvudet än vad han var van vid. Näsan var större. Han såg blek ut. Magen var lite svullen kanske. Edward suckade och avbröt granskningen i det han hårt gned sig i ansiktet som för att gnida bort sitt eget missnöje med vad han sett.

Då ringde det åter i Edwards mobil, som han helt enkelt bar i höger jeansficka. Han slet upp *Androiden* och svarade i kort ton, i det att han var övertygad om, att det var Melbourne som ringde. Det var det inte. Det var en vän till honom, också från förr, vid namn Benno.

Om Melbourne var ett original, och en begåvad karl, så var faktiskt även Benno något att räkna med i den dessa båda genrer.

”Hej,”, sade Benno i telefonen, ”jo jag undrar om jag kunde titta upp...”

”Jo då, var e du då? Bor du kvar på Eklanda? ...”, sa Tegelkrona, samtidigt som han gick mot balkongdörren, och såg ut i natten. Edward blev plötsligt andfådd. Varför hörde alla människor plötsligt av sig? Han hade ju inte fått ett telefonsamtal sen i våras, praktiskt taget. Och nu, mitt i november, då ringer alla...

"Jag skulle behöva låna en slant. Eller två. Du har möjligtvis inte...?" Bennos röst var alltid kraftfull.

"Hur mycket?" undrade Edward kallt. Givetvis var det utmärkt att veta vad det var frågan om. Och om Benno behövde låna en hundring, så var det egentligen ingen *big deal*. Och då kunde han själv enkelt slappna av, ty då hade han ju full kontroll. Ibland var det skönt att bara låna ut.

"Några kronor bara. Till lite öl, *you know*. Du brukar ju ha under sängen... och under mattorna...", skrattade Benno, som alltid var lättsam, trots att hans intressen mest var interplanetär interferens, svarta hål och mörk materia.

"Det är lite sent nu. Klockan är nästan 12. Eller över till och med.", sa Edward, och lät ganska bestämd. Rentav faderlig.

"Okey." sa Benno. "Men kan jag komma i morgon då? Vid 11-tiden? Du går ju alltid upp tidigt"

"Går väl bra." sa Edward, utan att kommentera skämtet, och de avslutade samtalet.

Tegelkrona, som nu gått och satt sig i sin mjuka tv-fåtölj, reste sig sedan – nästan tvångsmässigt - och vandrade ut i hallen, för att åter ta sig en titt påsig själv i den stora hallspegeln, som han en gång hittat i en container, efter ett tips av just Benno. Bilden av honom själv föreföll nu något mer positiv, och han tyckte plötsligt att han liknade Leif G.W. Persson, vilket man ibland sagt till Edward. Han själv var visserligen något smalare, men annars var det inte mycket som skilde. Det kanske rentav var så, att Persson hade mer muskelmassa än Edward. Jo, han hade själv också tråkigare glasögon, men han log å andra sidan aldrig inåt på GW-vis. Edward var nog mer osocial, fast han trodde sig vara mer allmänbildad och klipskare än GW. Och Edward själv var definitivt inte så fåfäng som GW, tänkte han. Men nu hade han ju sämre initialer, kom han plötsligt på. ET.

Vad kunde man inbilla sig för storverk av nån som hade initialerna ET? Här log nu Edward. PÅ GW-vis.

Sedan gick Edward in i rummet igen, släckte ner i det rum som fanns, klädde snabbt av sig det lilla han hade på sig, och gick och lade sig på två kuddar och somnade, utan att ens ägna en tanke åt vem som tagit livet av Grit "vad hon hette". Så glad blev han över att någon hörde av sig till honom, för att låna en hundring. Det är inte lätt att bli gammal. Klockan på väggen, av industrihallstyp, som han hade köpt från IKEA för att han skulle ha som gammal – vilket ju var snart - för att kunna se tiden när hemtjänsten skulle komma, - denna klocka var nära 00.38.

KAPITEL NIO.

Mötet på polishuset hade äntligen kommit igång. Det var midnatt och över det. I Sal 22, på tredje våningen, var nu hela gänget samlat. Bastionspetz, kommissarien, Ada Rehn, Greg Nelson, polisasistenterna Underkant och Mantelstjärna, Bing Carlsson, som aldrig hade några synpunkter på nattliga sammankomster, samt Kondrad och Arundel, vilka var pålitliga brottsutredare av den gamla skolan, underhuggare, som varit med redan vid tiden för Palmemordet, Norrmalmtorgsdramat, Quickut-redningarna, Ebbe Carlssonaffären och Göteborgskraval-lerna.

"En allmän uppdatering då,", sa Bastionspetz, som placerat sig vid kortändan av det stora sammanträdes-bordet i salens centrum. De andra mumlade instäm-mande. Någon gäspade ljudligt. Bastionspetz harklade sig:

"En kvinna död. Grit Pinnolte, 65. Dödsorsak slag mot huvudet av hårt föremål. Föremål okänt. Död nästan omedelbart, alternativt omedelbart. Ingen familj hittad än, så ingen är underrättad. Kvinnan hittad i tvättstuga snabbt av en ung man, student vid universitetet, Didier Hansson. Hansson ringde klockan 15,06. Polis på plats klockan 15,33. Först på plats polisassistent Agnes Mantelstjärna."

Här tittade alla på Agnes, som såg ner i bordet, som av hänsyn till Grit. En mer kapabel polis än Agnes fick man leta efter.

"Vi har inte kunnat höra Hansson," fortsatte Bastionspetz, "på grund av att denne är chockad. Tilger är på Östra, där Hansson tagits in för vård. På egen begäran. Han stannar där över natt. Så är alltså läget, innan jag lämnar över till Kondrad, som kan berätta om brottsplatsen..."

Ada avbröt här, medan hon ilsnabbt uppfattade att Kondrad Petterson åter gäspade:

"Vill bara säga att, som ni nästan alla vet, så är detta det andra, eller tredje dödsfallet som vi utreder på samma adress. Därför känner vi redan några av de andra hyresgästerna här. Vill bara säga det. Bland annat en som heter Tegelkrona. En målare."

Alla nickade, som i en fars. Kondrad, som var en muskulös äldre polis, klädd i svart skjorta med tillfälligt uppkavlade ärmar, tog till orda:

"Brottsplatsen då. Vi fann blod. Blod bara från en person, tror vi. Diverse fotavtryck. I en tvättstuga springer ju massor av människor. Så vi kan inte dra någon slutsats alls av fotavtrycken. Ingen tycks ha trampat i blodet i alla fall. Det enda vi funnit av värde, som sticker ut, det är några röda plastbitar invid kroppen. Kanske har det objekt som träffade kvinnan gått sönder och lämnat dessa bitar. Ja, det var allt..."

Alla såg nu på varann.

"Vi har massor att göra." menade Bastionspetz. "Vi vet alltså väldigt lite. Bland allt annat så vet vi närapå inget om offret."

Ada tog här ordet:

"Allt jag har funnit om henne är att hon varit ekonomiansvarig på Friförskolornas Riksförbund, fast nu är hon sjukskriven för utmattningssyndrom och stress."

"Utmattad?", sa Arundel, som satt i ett avsides hörn invid fönstret, med en kaffekopp. Ada blängde på honom. Nu var ju Grit mördad, och det krävde ju en viss respekt.

"Vi får sätta igång i morgon med att förhöra hyresgästerna en efter en.", återtog Bastionspetz, "Jag sätter upp kontor i mangelrummet. Det är inte stort men vi har ju allihop ändå kontoret i huvet. Vi kan säkert ordna WiFi där. Gonatt! Om det inte är några frågor.– – Klockan nio då! *Until tomorrow.*"

Ingen hade något att invända mot varken chefens skickligt familjära chit-chat, eller mot förslaget att man skulle göra sitt arbete påföljande dag, och inget mer sades. Man skildes åt, och alla åkte hem till sig för att möta sömnens genius för några timmar framåt.

KAPITEL TIO.

Edward vaknade mitt i natten med ett ryck. Det var inget ovanligt. Ofta var det inte speciellt störande heller. Han brukade gå upp, tända några lampor, ta ett glas vatten, kolla nyheterna på SVTs nyhetssite och på *Bloombergs* och *BBC World*. Men nu satte han sig bara på sängkanten och kisade ut genom de halvt fällda persiennerna, ut mot den vida natthimlen. Där var det för tillfället stjärnklart. Så stjärnklart det kan vara en novembernatt i Göteborg. Hans tankar var inte riktade mot stjärnorna men fokuserade på det egendomliga mordet, som han ju inte visste något om alls. Hur hade det hänt, och vad exakt hade hänt? Och vad var det där med att Melbourne skulle kunna vara inblandad? Och varför ville Melbourne träffas, så snart efter det att han hade skämt ut sig totalt? Det verkade ju helkonstigt. Kunde Melbourne ha gått ner i tvättstugan och slagit ihjäl en av Edwards grannar? Varför i helskotta då? Men kanske hade han sett något? Och sen hört om det på radio?

Mysterium efter mysterium.

Nu var Edward klarvaken. Klockan var 01.22. "En borde inte sova, när natten faller på." Han undrade då – lika plötsligt som skarpsinnigt – hur många andra i huset som var klarvakna, eftersom ju majoriteten bör vara medvetna om, att det skett ett mord i källaren. Det satt antagligen lappar nere i vestibulen om detta. Det var rutin, sådant där med lappar. Källaren var troligen avspärrad med blå band. Kanske satt det en vakt i en bil utanför?

Edward rafsade ihop lite kläder och satte på sig jeans och tröja med en väldig fart, drog sen en hand genom det glesa grå håret, famlade efter nyckelknippan, som låg på hallbordet, och, iklädd en sliten blå kavaj med trasigt foder, ur vilket det brukade trilla småmynt, öppnade han sen dörren till farstun. Där brukade lyset alltid vara på, - detta efter klagomål från Edward själv, som meddelat hyresvärden, att han fruktade att han kunde slå ihjäl sig i trappen, om det plötsligt skulle vara så att ljuset släcktes, om han gick där i kvällningen.

I trapphuset var det dödstyst. Edward beslöt att ta av sig läderskorna, som var köpta av en fabrikant i Borås på Tradera, och långsamt gå nerför trapporna i strumplästen, bärande skorna i ena handen. När han kommit ner från tredje till andra, så hördes ett ljud, som från en tung sko, nedanför. Ett skrap. Sedan en röst, ganska lågt, en mansröst:

"Är det någon där? Kom ner e ni snäll!"

Edward lydde av någon anledning den myndiga rösten, och det befanns att det stod en polis i uniform och med skyddsväst utanpå på vakt i bottenvåningen. Äntligen någon att fråga ut, tänkte Edward, som nu log ett brett tandlöst leende och svepte utåt med högerarmen.

"Hopplöst att sitta där uppe och inte veta vad som händer, när något sånt här inträffat." sa han, balanserande med låtsad nonchalans på ett trappsteg.

"Vet inte mycket själv." sa polismannen och lät sin tunga undersöka kindväggen. "Jag bara vaktar avspärrningarna här."

Blåvit avspärrningstejp löpte mycket riktigt över ingången ner till källaren. Så kunde man vare sig nå källare, cykelrum eller tvättstuga.

"Dåligt skött, detta." sa Edward, i brist på respons. Polismannen svarade inte, men såg ner i sin mobil.

"Amatörer.", sa Edward halvhögt och medan han nöp sig i näsan. Inget svar. Därefter tog han hissen upp till sig. Polismannen stirrade i sin mobil.

Ja, ja, skit också, tänkte han när han väl i sin säng drog täcket upp till hakan och släckte lampan: " i morgon har jag i alla fall chans att få veta något genom Melbourne. Det är klart att han såg något! Eller visste något. Varför i hela friden skulle han annars ringa?"

Men han kunde inte sova. Tankarna på Melbourne och på den olyckliga Grit snurrade i huvudet på honom. Till sist stod han inte ut, men gick upp och tände i rummet. Han djupandades. Så långt har nämligen psykologin nått idag, tänkte Edward, i självinsikt, att den insett att den inte hade några som helst insikter i det mänskliga psyket, men att man kunde ersätta alla teorier med ett enda råd till människan-klienten: "Andas djupt. Tre gånger!" Det var numera lätt att utbilda sig till psykolog, då detta med djupandningsrådet egentligen var det enda som behövdes i psykologisk praktik. Nämn det psykiska problem som inte kan botas med en djupandning!.

Efter att ha andats djupt en gång till och gått fram och tillbaka en stund de få möjliga stegen, stod han framför en av bokhyllorna. Blicken föll på en bok av Joseph Conrad, med titeln *Lord Jim*. Han tog med sig denna, den var på engelska, och släckte i rummet och la sig i sängen och tände den lilla läslampan. Han mindres den sida, där han varit på sist. Edward hade inget vidare minne, - absolut inte något minne som Adas, eller som Melbourne - men det slog aldrig fel, att han, så snart han tog tag i en bok, mindes om han läst ut den, eller om han inte gjort det, och i det senare fallet på vilken sida han stannat. Sidan 54 var det nu. Så läste han i gott och väl en timme. Om havet, segelskeppen och människorna av alla dessa olika ursprung. Människorna i dessa böcker stiger fram mot bakgrund av skeppen. Så skall man skriva! Med *bakgrund*! Seglatsen som myt!

Nu somnade Edward tryggt mellan sina halvvita lakan.

KAPITEL ELVA.

Utredare, polisassistenten Tilger Berg slumrade fridfullt i det halvmörka dagrummet, dit en nattsköterska, vid namn Solveig, hade kört en liten vagn med kaffe, té och kalvkorvsmörgåsar och ställt nästan alldeles intill honom. Men detta hade dock inte väckt denne. En patient, som varit uppe och besökt rökrummet, satte sig i fåtöljen på andra sidan vagnen och betraktade Tilger, vars yttre på intet sätt avslöjade att han var polis. Han hade inte uniform på sig. Nu, eftersom han faktiskt befann sig på en psykosavdelning, så hade det inte varit särskilt lämpligt om han haft det. Patienten, en ung, mörkhårig, bleksiktig, relativt bastant ung man satt och dreglade lite. Han var dock, på ett egendomligt sätt, medveten om detta, och han iakttog hur saliven droppade ner på golvet. Så skärpte han till sig, hämtade servett från vagnen och satte sig och torkade sig om munnen. Då vaknade Tilger till och såg rakt på den unge mannen, som väl var 10 år yngre än han själv, och i en betydligt mer olycklig sits i tillvaron, som det tycktes. Vem vet hur han mådde, vad han varit med om och vad man hade gett honom för diagnos och för medicin och för framtidvisioner?

Tilger svepte undan den gula filten och satte sig upp.

"Det är lugnt och tyst." sa Tilger och tittade på pojken, ty det var nog bara en pojke. Så där 18 år.

"Ja." sa patienten, men en röst som lät som den kom från det inre av en trätunna.

Även Tilger hade genom sin släkting en aning om hur det var att ha ångest, och han visste också att en del av medicinerna som man delade ut här medförde stora påfrestningar på kroppen. Och kunde göra att man bland annat dreglade. Så han sa:

"Kämpigt eller?"

"Jo." sa gossen. "Jag har varit här ett år."

"*Ett år?!*"

"Ja. Det är ... dåligt.", sa pojken ordfattigt.

Det blev tyst. Patienten var alldeles blå under ögonen av en antagligen mycket ovanlig trötthet. Pojken såg helt enkelt konstig ut. Tilger kunde inte komma på något att

säga som kunde få grabben att må bättre. Så då tänkte
han - ologiskt - att han lika gärna kunde sondera i sitt
ärende:

"Du har inte talat med den nye patienten. En Hans-
son?"

Det var givetvis emot både takt och regler att fråga
detta, men Tilger var nu – när det gällde jobbet – ganska
okonventionell och hade studerat i ett land med andra
seder.

"Vaddå?"

"Det kom väl en ny idag?"

"Det gör det hela tiden. Denna avdelningen tar nästan
bara emot. Sen skickas de nya vidare. Så det kommer
hela tiden.", upprepade han, något svårbegripligt, men
verkade uppiggad ändå.

"Jaha, utom du då?" sa Tilger, "för du har ju varit här i
ett år....". Tilger försökte nå klarhet.

"Nja, dom möblerar med en kroniker här och en kroni-
ker där, för att de nya ska begripa var dom e nånstans."

"Jaha." Tilger tänkte att killen hade en konstig blick,
men hade ett fungerande intellekt, och serverade sig
själv lite kaffe, vilket skulle göra det svårt att sova vi-
dare, efter det patienten valde att återvända till sitt rum.
"Men han skall vara här, en ny, en Hansson, enligt sjuk-
systern..." sa Tilger påstridigt, och tänkte att han an-
vände en löjlig benämning på sjuksköterskan. Vad det nu
kunde bero på.

"Ja, det kom en ny kille, en blond kille ja. Han sa
ingenting."

"Nä, just det. Det e nog han." sa Tilger.

· "Känner du honom?" frågade patienten trött och nästan
medlidsamt, och drog upp en cigarett och gjorde en an-
sats till att resa sig för att gå iväg till den lilla glasbur på
c:a 6 kvadratmeter invid fönstret som utgjorde rökrum-
met.

"Nä, inte direkt." sa Tilger. Han funderade ett ögon-
blick på att säga, att den nye tyste var misstänkt för
mord, men avstod från detta. Det skulle just vara snyggt,
på en psykosavdelning. Hur i all fridens dar kunde man
vara inlåst här i ett helt år? Tänkte Tilger, "vad gjorde

han här, på en psykosavdelning så länge?", då den unge mannen nu reste sig och vände ryggen till i avsikt att sätta kurs mot rökkabinen och sen sa, som om han läst Tilgers tankar:

"Jag har mördat min morsa."

På vägen till kabinen lämnade han en sträng av vitaktig saliv efter sig på golvet.

Tilger försökte samla sig. Givetvis fanns det alla möjliga egendomliga fall på en psykavdelning. Men Rättspsykiatriska var han ju inte på. Han lutade sig över kanten på fåtöljen och spanade bortåt i korridoren för att se var sköterskan var. Hon satt och sov i en fåtölj i korridorens mitt, med en jättelik kofta på sig. Hon hade en lånebok i knät. Hon var liten och rund med ett rött vänligt ansikte. Jaja, tänkte Tilger.

Tilger visste inte, att natten på en psykavdelning är det närmaste en människa kan komma paradiset. Alla de plågade patienterna är nu lugna, förvissade om att ingenting kommer att hända under natten, och i halvmörkret och stillheten, utan hot om ny medicin, om bältning, om nya ansikten, så är det nu dags att njuta av småordens himmelska smak. Samtalen är så ytterligt lågmälda, rörelserna så mjuka att man kan tänka sig att här dansas en Svansjö utan musik, utan tid, utan handling. Allt är fullständig frid.

I samma stund som den unge mannen återkom från sin rök, så ringde det på avdelningens dörrklocka. Nattsköterskan lämnade sin plats och gick och öppnade och tände med en liten smäll på en knapp på väggen en lampa ytterligare, så att hon kunde se ordentligt vem som kom.

En man i trettioårsåldern i elegant blå klubbkavaj och vita byxor, sommarklädd en höstnatt, steg in.

"Hej, det e jag. *Gummimannen!*"

Nattsköterskan skrattade och gav honom sedan skämtsamt ett slag på underarmen.

"Nå, hur gick det? Hur gick det? Blev det nåt?" frågade hon, nära bristande av nyfikenhet, med blicken hängande vid hans ansikte.

46

”Nja, pengarna fördubblade. Inte mer.”, sa mannen med ett leende, samt med sympatisk blygsamhet.

”Vill du ha kaffe? Det finns.” sa sköterskan.

”Solveig!” ropade nu pojken som mördat sin mamma.

”Det behövs lite mer smörgåsar. Jag har ätit tre.” Det hade han. Han hade verkligen svept i sig tre smörgåsar, utan att Tilger hade märkt det. Och han, Tilger, skulle vara kriminalare, tänkte han.

Den sommarklädde, som kallade sig ”gummimannen” och som verkligen tycktes extraordinärt vältränad, skuttade formligen fram och sjönk ner i en ledig fåtölj på andra sidan om Tilger.

”Johnny.” presenterade han sig, och sträckte fram en brunbränd hand. Troligen direkt från Teneriffa, tänkte Tilger. Tilger hostade till svar, och sa istället:

”Så du har varit på stan och tjänat pengar?”

”Jepp. På casino. Casino Cosmopol.”

Gummimannen granskade Tilger, och Tilger såg att han noterat, att Tilger vägrat uppge sitt namn. Hoppas att inte även denne är mördare, tänkte Tilger, som kände sig lite naken utan sin pistol, som han ju lämnat i skåpet utanför. Egenartade tider man lever i, tänkte han sen.

”Ja, man får göra det bästa av situationen här.” sa Gummimannen världsvant.

Då tänkte Tilger, att i denne man hade han funnit den perfekte kompanjonen och spanaren. Gummimannen skulle förstå vad polisen ville. För en liten slant så skulle, utan tvekan, denne talang kunna utröna allt som var värt att veta om Didier Hansson. ”Nu gällde det bara att bli av med morsmördaren!”, tänkte Tilger och han vände sig till Gummimannen. Denne, som rörde sig nästan outhärdligt ledigt, sa:

”Jag älskar casinospel.”

Morsmördaren blängde.

”Jag håller mig till Canasta.” sa Tilger. Gummimannen log vänligt.

I detta ögonblick öppnades hastigt en dörr i bortre korridoren. Det var en ung man med lång lugg och stirrande blick. Han bar lång vit nattskjorta. Alldeles säkert Didier, tänkte Tilger.

"Där e han." sa morsmördaren likgiltigt medan han
tänkte något helt annat och samtidigt sköt han hakan
trotsigt lite mot Tilger. Didier Hansson – ty det var han –
hörde denna avsidesreplik, och det gjorde honom vaksam.
Mitt i korridoren stod han nu och förklarade för nattskö-
terskan, att han ville ha mer *Stesolid*. En hel tia.

"Doktorn har inte skrivit ut mer än det du fick förut.
Det är inte bra att sova på heller."

"Okey." sa Didier. Efter att ha funderat några sekunder
gick han åter snabbt tillbaka till sitt rum.

Även morsmördaren beslöt sig nu, utan fler smörgåsar,
i brist på respons ifrån alla övriga, att gå och lägga sig.
Bara Gummimannen, Edward och Solveig var kvar.

Tilger gjorde ett överslag. Skulle han be Solveig att
hämta Didier till expeditionen för att söka sätta igång ett
förhör. Eller skulle han be Gummimannen sondera hos
Didier under de följande dagarna? Eftersom han inte
kunde sätta igång med några förhör mitt i natten, så
försökte han nu lugna ner sig själv.

Framåt morgonen, efter frukosten, beslöt han att välja
det enklare och säkrare alternativet och bad Ingrid, som
avlöst Solveig, att hämta Didier, samt säga att han, Til-
ger, kom från polisen. Didier kom efter någon minut
tillbaka när Ingrid – som hade kort, krulligt, ljust, per-
manentat hår, som sken i den svaga lampbelysningen -
hämtat honom och Tilger satt snart med Didier framför
sig på avdelningsexpeditionen.

"Hoppas det känns lite bättre nu!", började Tilger vän-
ligt. Men det var förgäves, skulle det visa sig, ty Didier
såg bara hotfullt tillbaka på honom och sa lakoniskt:

"Jag minns absolut ingenting."

"Men något. Om vi börjar med när du gick ner till
tvättstugan..."

"Jag minns ingenting. Inte från hela dan."

Tilger stirrade på Didier. Detta var givetvis inte bra.
Han kände ju väl till situationen. Han var ju utbildad på
sånt här. Så fick han då byta taktik.

"Andra kanske såg dig. Här har ju skett ett mord, vet
du ...."

Det borde sitta rätt, tänkte Tilger som var halvt nöjd med sig själv nu.

"Det är möjligt. Men jag minns inget i alla fall. Tala med andra, men inte med mig. Jag måste sova. Sova!"

Jaha, kanske Didier var instabil i grunden. Ett barn. En barnrumpa. Då var allt mycket svårare. Läste inte grabben matematik på universitetet? Vad hade hänt? Här var det nu uppenbarligen kört. Tilger reste sig, såg ännu en gång skarpt på Tilger och sa att om han råkade komma på nåt så var det bara att höra av sig. Han själv skulle hur som helst höra av sig igen, och andra i huset kanske hade uppgifter om vad Didier haft för sig.

"Det finns de som blivit dömda till livstid, utan att de själva yttrat ett enda ord.", avslutade Tilger och lämnade rummet. Ingrid skyndade sig in för att höra hur patienten mådde. Själv gick Tilger och såg om det möjligen fanns lite kaffe, som färdknäpp åt honom. Det fanns, men av Gummimannen syntes inte ett spår. "Hm" tänkte Tilger, "jag tror jag får återkomma hit. Jag kan kanske ge Ingrid en lapp...."

Han slog sig ner på ett armstöd, plockade upp sin anteckningsbok och rev loss ett blad på vilket han skrev:

> *"Gummimannen tillhanda. V.G. ring*
> *mig! Canastamannen. Det*
> *kan löna sig!! Telefon ....."*

Och så telefonnumret till sin egen mobil. Kanske kunde han också ta en sväng på *Casino Cosmopol,* tänkte han, när lappen var överlämnad till Ingrid och en muskulös väktare, förklädd till vårdare, släppte ut honom och han återfick sitt skjutvapen, som lätt och behändigt återfick sin plats i axelhölstret. "Idag agerade jag nästan som Stellan." sa Tilger till sig själv. Stellan Underkant var *Team Bastionspetz´* buse, som haft några dagars ledighet just nu; denne brukade vara den som löste många av rotelns fall.

När Tilger körde hemåt, för att söka få lite mer sömn innan nästa dag, då man troligen skulle förhöra hela trappuppgången, så grunnade han över Didier. "Vad är

det frågan om? Ingenting stämmer. Den killen är inte
någon mördare. Det kan jag sätta mig på. Vem skyddar
han?"

Trafiken från Östra Sjukhuset stockade sig. Det var
alla byggprojekten som gjort att lederna var omgjorda
och det kunde bli stockningar praktiskt taget var som
helst.

KAPITEL TOLV

Agnes Mantelstjärna, Arundel och Bastionspetz var på
plats i mangelrummet i Edwards hus redan klockan
07.00. Arundel hade gjort en lista på hyresgästerna. Ada
var avdelad under förmiddagen till att försöka luska reda
på Grits släktingar, och till att samla all information om
Grit, som fanns.

Arundels lista såg ut så här:

Hyresgästerna:

Vån 6.
Farad-Afrad/
Grit Pinnolte/
Nilsson/
Ahlberg
Vån 5.
Spegeltrase/
Stockhausen-Kruth/
Blindram/
Oman/
Vån 4.
Franscetti/
Lavater Olsson/
Olsson/
Rashid
Vån 3.
Blessing Palam/

Edward/
Didier Hansson/
Castor Walton
Vån. 2.
Svensson/
Risperdahl/
Flinkspander/
Broström
Vån 1.
Smyslov/Andersson/
Wester/
Dalrymple
BV.
Eldh /
Neta Fredén /
Trixon /
Knot.

"Då skall vi se, …"sa Bastionspetz: "Vilka är nyinflyttade sen i somras då? Har du den gamla listan också?"

"Ja då.", menade Arundel. "Dom nya, sen vi förhörde folk i somras, är Grit, Blessing Palam, Didier Hansson och Castor Walton på trean, där Edward bor, och alla i bottenvåningen: Eldh, Neta Fredén och Trixon och Knot. Sju stycken nya. Fast sex då, nu när Grit är död."

"Jag ju ha fel.", sa Bastionspetz. "Det behöver inte alls vara någon nyinflyttad som är förövaren."

"Nej, det finns ju egentligen inte mycket fog för den teorin just nu.", sa Agnes. Hon menade att teorin helt enkelt var korkad.

"Men vi kan ju knacka på hos de nya i alla fall.", sa Abraham tafatt.

Det bestämdes att Arundel och Agnes skulle försöka få tag på de fyra på bottenvåningen, medan Bastionspetz skulle ta tredje våningen, med Castor, Edward och Blessing.

Vid 10-snåret knackade Agnes och Arundel på hos Neta och välkomnades av henne och en Chowchow, en hund alltså, som hette *Snoozie*. Neta, som varit bosatt i London i ett tiotal år, verkade som översättare och översatte barnböcker och reselitteratur. Hennes lägenhet luktade hasch, människa, olivolja och hund. Hela lägenheten gick i jordfärger, och mängden av gardiner, orientaliska mattor och paljetterade kuddar var helt enastående. Stora affischer i *psychedelic style* av gamla popstjärnor täckte väggarna. På två svartvita foton som satt uppnålade på väggen syntes en smal flicka utan kläder i en vattentank på en nattklubb, simmande leende omkring. Där fanns också ett imponerande porträtt av en mörklockig man, som Neta förklarade var hennes avlidne man. "Är han inte stilig?", utropade hon, när hon förevisade porträttet, i vars kant en röd vallmo var instucken. "Neta höll stilen", tänkte Agnes. Neta hade knappt talat med Grit, och hon hade ingen annan uppfattning än vad som svagt framkommit, om att Grit varit något av en enstöring. Neta hade tänt ett ljus invid en liten teckning av en ängel, under vilken hon målat namnet "Grit" med vattenfärg. Hon var lite orolig för egen del, men hon hade egentligen inga relationer till någon i huset och tänkte att det därför säkert inte var någon fara. Inte för henne då. I alla fall. Agnes ansåg att man kunde avföra Neta som misstänkt.

Familjen Eldh, han och hon, befann sig sedan tre månader sen i Kenya. Trixon var en dam med brutet ben, som legat till sängs i flera veckor.

Så återstod i bottenvåningen Isabella Knot, som var en ung medicin-studerande. Det var en liten alldaglig flicka, och Arundel kunde inte, genom att intervjua henne, finna ut något som helst misstänkt. Hon var både empatisk och förnuftig, enligt både Agnes och Arundel, och det visade sig också att hon inte alls använde tvättstugan, då hon hade bacillskräck och tvättade sina saker i en egen tvättmaskin i sitt badrum. Hon hade inte varit i källaren på månader sa hon. Hon tyckte att det var skrämmande, att det kanske fanns en mördare i huset, och hon undrade om hon vågade bo kvar eller skulle ta in på hotell. Så krympte nu skaran misstänkta.

KAPITEL TRETTON.

Redan klockan 09.00 ringde Walton på hos Edward. Edward sov, men han släpade sig upp och efter fem minuters diskussion i dörren, så släpptes Walton in. Denne var, av för Edward oklar anledning, orolig inför polisförhöret.

Medan de stod och diskuterade i dörrspringan tänkte Edward att denne Walton, vars ansikte präglades av förlägenhet och förvirring, var en person som man inte kunde vänta sig något som helst av värde, något originellt eller "intressant" alls ifrån. Walton var en genomtråkig varelse, helt enkelt, tänkte Edward. Även om karln skulle ha humor, om det mot förmodan skulle visa sig att han hade det, så var han ändå tråkig, tänkte Edward, som samtidigt tänkte att detta tänkte han för att han själv hade nåt fel i huvudet. Han var samtidigt medveten om att sådant omöjligen kunde accepteras som omdömen om en annan person, och att Walton hade andra kvalitéer än dem som han nu i en underlig affekt tillskrivit denne.

Väl insläppt demonstrerade Walton ytterligare sin tafatthet genom att fråga, om han fick slå sig ner i soffan. Edward svarade med en nick, och efter det värden satt på en CD med en stråkkonsert med Vivaldi, den absolute favoritkompositören, tog han på sig tre tunna t-shirts ovanpå varandra, som han brukade göra, samt ett par nästan nytvättade blå jeans. Så lagade han riktigt bryggkaffe åt sig och Castor. Han tittade på sin armbandsklocka och tog ett djupt andetag, medveten om att dagen skulle bli mer än vanligt *joyful*, då det ju förutom Walton sen gällde att ta itu med Benno, samt den nu uppenbart helt omättlige Melbourne. Förutom ytterligare det att han ju dessutom måste följa mordutredningen.

"Håhå jaja." sa Walton bondskt, när han fick kaffekoppen och nästan vaggade av an. När han smuttade på kaffet blev kinderna så insjunkna att man tänkte att de måtte mötas inne i munnen.

”Kors vad böcker du har!” sa Walton sen, sittande bara
på ena skinkan. Edward hade verkligen mycket böcker,
om man beaktade, att lägenheten var minimal.

”Vad handlar dom om?” sa Castor, som i alla fall inte
kunde anklagas för att vara på något sätt pretentiös. Har
man inte en kvalitét, tänkte Edward, så har man oftast
en annan.

Nöjd över att tillfrågas om någonting som han i alla fall
var intresserad av, svarade Edward att så där hälften av
böckerna handlade om måleri – han hade själv gått på
Valands målarskola, sa han – och den andra hälften var
helt enkelt romaner på olika språk.

”Jaha.” sa Walton.

Edward tänkte säga att måleri i mycket var vetenskap,
men att romanskrivandet stort sett inte var det. Eller
tvärtom. Dom där olika språken var det inte så mycket
bevänt med, men han kunde i alla fall hjälpligt Engelska.

”Socker?” frågade Edward, som nu dukat upp en hel
liten frukost åt sig och Walton på den lilla gula taburet-
ten, som tjänstgjorde som bord. Kopparna och bullfatet
hotade trilla av den begränsade ytan, så det var ett pre-
cisionsarbete att ställa dessa tingestar, så att de inte föll
ned på golvet. Edward hade förr haft ett bord, men det
hade gått sönder, och stod nu i en liten trave på bal-
kongen, där det sakta ruttnade i höstfukten, bredvid en
gammal bull-tv.

Castors ansikte återtog plötsligt sin naturliga ängslig-
het, och han sa att han redan börjat med kaffet:

”Nä tack, inget socker.---. Vad skall jag säga till poli-
sen?”

”Har du något att berätta då?” frågade Edward, som nu
tog ett bett i en skiva av kanelkransen. En ny Concerto-
sats av Vivaldi, en mycket långsam och känslig sats,
startade upp.

”Nja, lite prat nere i trappan.”

”Vaddå, mellan vilka då?”

”Mellan din berusade vän och den svarta flickan, Bles-
sing.”

”Jasså!”, utropade Edward, och blev nu högeligen in-
tresserad. ”Minsann!”.

Själv hade ju Edward varit ute och handlat när Melbourne gav sig av. Så han visste ju inte hur Melbournes *escape* gått till. Typiskt förresten, tänkte Edward, att Walton var en sådan som lyssnade vid dörren, efter händelser i trapphuset! Han hade väl ett så fattigt liv att han fick intressera sig för grannarnas!! Hopplöst! Alla hans tidigare omdömen om Walton hade varit fullständigt korrekta!!

"Ja, exakt vad det var kunde jag inte höra. Men dom skrek åt varann!"

"Ja, det behöver ju inte betyda ett dugg.", sa Edward enkelt, som omedvetet försökte förminska Walton än mer, men inom sig började nu åter en vrede gentemot Melbourne och allt dennes mystifierande att häva sig upp i violett ton inom honom. "Dom kan ju..."

Då ringde det på Edward porttelefon.

"Jävlar.", sa Edward.

En altfiol i *Concerton* – altfiolen var ett av de instrument som kanske hörs allra mest tydligt hos Vivaldi - i musiken tog en decima, eller åtminstone något som lät som en decima, något som var ytterst ovanligt hos Vivaldi, eftersom den italienske mästaren, den "röde prästen", i just denna typ av *Concertos* inte alls skämtade.

Edward reste på sig för att gå och öppna.

KAPITEL FJORTON.

Tilger satt hemma i köket med en kopp snabbkaffe och ett wienerbröd. Han kände sig överarbetad. Typiskt nog satt han och spelade på en basgitarr, samtidigt som han talade i telefon, samtidigt som han drack kaffe och åt wienerbröd. Tilger spelade nämligen elbas på fritiden, och var riktigt bra på det. Ingen Jaco Pastorius eller Tal Wilkenfeld, men i alla fall en riktigt bra jazzbasist. Fick ibland spela med de stora grabbarna på *Nefertiti*, som den lokala jazzklubben hette. Medan han talade med Bastionspetz spelade han nu lågt Charlie Parkers *Donna Lee* på fenderbasen. Det var närmast som en gimmick, att kunna det. Tilgers fingrar fladdrade över strängarna snabbt som fjärilsvingar. Bastionspetz kunde knappt ha hört det, men det var tydligen ändå något i Tilgers tal, eller tanke, som fick denna att ryta till i sin telefon:

"Men VAD HÅLLER DU PÅ MED!?"

"... ingenting.", sa Tilger, men slutade abrupt spela. Han ville ju inte förlora jobbet. Precis. Det hade varit en hel del besvärligheter med att bli polis. Han blev det inte – trots sin begåvning - med en klackspark. Det var dessutom hans drömjobb, sen treårsåldern.

"Så du vill jobba hemifrån? Varför då?"

"För att jag är utarbetad."

"Var det så jobbigt på Östra? Jag trodde du var den nyfikna sorten?", undrade Bastionspetz, som satt i mangelrummet på Abrovinschgatan 24½, där han improviserat ställt upp bord och stolar. Ada Rehn satt och arbetade vid sin laptop alldeles intill.

"Nä." Tilger lade undan basen. "Jag får väl ta mig en tur dit idag igen. Det var det jag menade. Jag träffade nämligen en annan patient där, en gymnastiskt vig man, som jag tänkte kunde hjälpa mig med Hansson, som ju inte ville säga ett skvatt."

"Okey. Vig? Du gör som du vill. Kan du öppna upp Hansson så är vi onekligen en bit på väg." sa Bastionspetz omständligt. "Hej då."

Tilger knäppte av telefonen och la den på bordet framför sig. Han bodde i en liten lägenhet högst upp på Jenny Linds gata och hade en vådlig utsikt upp mot Skansen Kronan, våghalsen Erik Dahlbergs grandiosa skans, som denne i och för sig aldrig själv fick uppleva, samt norröver upp mot Kungälv. Den stora himlen var täckt av ett grått, vattrat molntäcke. Några måsar lekte långt uppe i luften och cirklade som det tycktes meningslöst.

Hans lägenhet låg överst i huset, som var av typ landshövdingehus, vilket ju innebar att det var ett trevåningshus, där de översta två våningarna var av trä, medan den understa var av tegel. Så fort han flyttade in tänkte han att, om det började brinna i detta hus, så var man stekt! Någon möjlighet att vi vinden rädda sig undan lågor fanns inte, och nån brandtrappa fanns inte, och man kom

alltså inte på nåt vis till någon av de närliggande trapp-
uppgångarna. Tanken blev hos honom till slut en slags
tvångstanke, och han gick redan efter några dagar till en
järnhandel i environgerna, och bad att få köpa ett ba-
stant rep. Expediten, som antagligen också var ägaren,
som såg ut som en överårig Bandidosmedlem, frågade
hur långt repet skulle vara. Tilger hade svarat att det
räckte men en så där tjugo meter. "Jaha", ja det bör ju
räcka ...", menade Bandidoskillen, som i detsamma log
och blinkade med ena ögat. I detsamma begrep Tilger att
det där med att köpa ett rep kanske för en utomstående
lätt kunde tydas som att man skulle gå och hänga sig.

Men nu hängde, inte han, men i alla fall repet, som var
ett långt hamprep, som kostade en hel del, i en krok i
taket invid ett av fönstren, och ringlade sig ner i en pryd-
lig rundel invid elementet. Köket, som vette mer mot
söder, var den plats där Tilger satt och ringde. Det var
helt målat i mellangrönt och renoverat med ny spis och
allt.

Polisassistenten tog elbasen och gick in i storarummet
och satte tillbaka den kromglänsande fendern i sitt ställ.
Bredvid elbasen stod tre dyra gitarrer i likadana ställ,
och en del av väggen bakom soffgruppen såg därför ut
som en musikaffär.

Tilger gick fram till KENWOOD-CD-spelaren och
tryckte på playknappen. *Mahavishnu Orchestra* dund-
rade igång. Det skakade till i fastigheten när Gayler
Moran spelade introt till *Lila´s dance*. Efter bara några
sekunder skulle John McLaughlin falla in med de övriga,
och paradiset skulle öppna sig. Detta var den musik Til-
ger älskade. Han slängde sig på sängen och avnjöt lig-
gandes på rygg hela stycket. Sen steg han upp och gick
och stängde av musiken igen. Något störde honom. Något
i hans sinne. Ut i köket för att se om han hade något att
dricka. Nån whisky eller så. Ingenting. Han tog ett glas
vatten. Rättade sen till det halvlånga håret i hallspegeln.
Så in i rummet, rättade likaså till gitarrerna. Sen ställde
sig Tilger vid fönstret mot nordost och betraktade fisk-
måsarna igen. Klockan var nu 09.15 och han funderade
över mordet på Grit Pinnolte. Vad var det mest sannolika

som kunde ha skett? Någon hade plötsligt blivit urförbannad på Grit och slått ihjäl henne. Så var det. Mordet var inte överlagt. Det hade skett i hetsigt mod, som det heter.

KAPITEL FEMTON.

"Någon hade plötsligt blivit urförbannad på Grit och slagit ihjäl henne. Så var det naturligtvis!" sa Bastionspetz i mangelrummets betongkammare.

"Ja, det måste ha varit planerat.", sa Ada, "Det är ju fönster ut mot baksidan här, i promenadnivå ser man ju in utifrån.". Ada satt lätt framåtböjd och läste i laptopen.

"Den som passerar ser ju allting."

Mellan Abrovinschgatan och nästa huslänga gick en promenadväg längsmed baksidan, där husets tvättstugor låg i markplanet, med en rad fönster ut mot denna väg. Sedan kom en gräsmatta, c:a 60 meter bred, lämplig för bollspel och picknick, och sen kom en gata, som löpte parallellt med Abrovinschgatan, vid namn Pontoppidans Gata, med parkeringsplatser. I norra änden av Pontoppidans Gata låg en liten kebabrestaurang med färgglada skyltar, varifrån man hade en viss utsikt över gräsplanen och över baksidan på Edward hus. Utanför "kebaben" fanns även en övervakningskamera.

"Ja, och också det talar ju för, att den som gjorde det här inte har bott här länge." sa Bastionspetz och lossade på skjortkragen på sin blå skjorta. Han andades tungt.

"Xenofob!" sa Ada lågt, utan att upphöra med att läsa vad det var hon läste.

"Jag är inte xenofob, jag är utredare."

Han kliade sig bestämt och tankfullt i örat.

"Blessing Palam, Castor Walton, Ymer Eldh, Neta Fredén och paret Sam Trixon-Lena Knot. Det är dom, som flyttat in sen i augusti."

Bastionspetz suckade: "Blessing Palam, är det verkligen ett personnamn?"

"Grit har inga släktingar.", sa Ada då," Hon är född i Kiev, i Ukraina, och hon kom hit via Tyskland som fosterbarn, men fosterföräldrarna är döda."

"Hette fosterföräldrarna Pinnolte?" undrade Abraham.

"Nä, Nilsson. Hon bytte tillbaka till sitt ursprungliga namn så fort hon blev vuxen. Hon har aldrig varit gift. Hon hade en bror i Tyskland. Han var flygare. Han försvann över Nordsjön i ett litet privatplan. 1992. Grit har inga barn."

Abraham hade lutat sig tillbaka. Han stirrade upp i taket, där det löpte värme- och vattenrör, samt en gasledning. Diverse lappar hängde i snören och ståltrådar på ledningarna med uppgifter om vart de ledde, och om vad de innehöll. Allt verkade skäligen amatörmässigt. Fick det gå till så här med ledningar? Eller var det i själva verket, trots allt, praktiskt? "Det opraktiska är det enda praktiska i längden", hade någon sagt.

"Vem var det som sa: Det opraktis...", började han.

I detta ögonblick hördes lätta steg nerför halvtrappan intill, den som ledde från den lilla avstatsen intill ytterdörren på baksidan, som vette åt Pontoppidans Gata och ner i källarvåningen. En vissling hördes också. Och in i mangelrummet kom en cendré herre i fyrtioårsålder med kolsvarta, blixtrande ögon och en humoristisk mun. Denne vinkade glatt åt de både poliserna och gick fram till bordet där de satt, lade båda händernas knogar på det improviserade förhörsbordet och sa:

"Man tror inte sina ögon. FBI här? Här manglas det va? Ett litet mord igen? Men du milde ...!"

Detta var Flinkspander, som bodde på våning fyra. Där Lene Jensen, som blivit mördad i somras, bott.

"Ser man på!" skrattade Ada, som storligen uppskattade Flinkspander. Ada behärskade sig sedan och sa: "Ja, då tar vi ditt vittnesmål med detsamma. Vi kommer nämligen att fråga alla i huset var de befann sig igår – tisdag - mellan kl. 13.00 och kl. 17.00."

"Jag var på mitt jobb, givetvis." sade den långe mannen med kolögonen. "Var tror ni att folk är på vardagarna? Jag arbetar i antikhallarna."

"När lämnade du jobbet?"

"Ja, klockan sex."

"Finns det vittnen?"

"Ja, många. Det finns massor av kollegor därnere. Som säljer klockor, som jag, eller porslin, eller måleri."

"Bra. Då undrar jag bara om du märkt något ovanligt i huset på sista tiden?"

Flinkspander tog två steg tillbaka, korsade armarna över bröstet och stirrade tankfullt på en av de två manglarna som stod i rummet.

"Nä, `kan jag inte säga. Det har flyttat in ett par vackra flickor. Det är ju udda. ... Men annars inte."

Efter ytterligare en stunds ytterligare tramsande försvann Flinkspander, som nu upplysts om, att det var Grit Pinnolte som dött. Henne hade inte Flinkspander bytt ett enda ord med, enligt vad han själv sa.

Abraham beslöt att det var dags att ta itu med resten av de misstänkta på listan med nyinflyttade. "Främlingslistan", som Ada nu skämtsamt börjat kalla den, för att i någon utsträckning ifrågasätta Bastionspetz teori om att det, vad gällde gärningsmannen/kvinnan, borde röra sig om en nyinflyttad.

"Jag går och knackar på hos Blessing Palam.", sa Bastionspetz uttryckligt, som grep tag i ett litet anteckningsblock och reste sig från det vingliga bordet. Hans ytterrock låg på en mangel. Kostymen han denna dag bar var beige, och skrynklig. Ofta hade han annars jeans.

"Stannar du här och tar emot de som kommer?"

Man hade satt upp ett anslag på hissdörren i alla våningar, ett meddelande om att det var polismottagning i källarvåning i mangelrummet, och att man inom polisens utredningsgrupp var intresserade av att tala med varenda hyresgäst i huset beträffande det som inträffat på tisdagseftermiddagen. All information som hyresgästerna satt på var av värde, sa man.

Nu anslöt sig emellertid den rutinerade och bullrige spanaren Stellan Underkant till insatsen, och efter ett kort samtal av överlämningstyp, så beslöts att Ada skulle följa med Bastionspetz runt omkring i fastigheten för att söka få tag i och höra misstänkta och vittnen. Underkant fick ansvaret för mangelkontoret.

Bastionspetz beslöt att börja med just Blessing. Vad man, d.v.s. Agnes, förstått så hade Blessing just nu ingen sysselsättning.

KAPITEL SEXTON.

Benno var en kortväxt, fyllig man med halvlångt ljust flottigt hår, som rakt hängde ned på båda sidor om ett fyrkantigt ansikte i vars mitt tronade en liten uppnäsa, som glänste bjärt röd. Benno var en specialbegåvning. Han hade läst Teoretisk Fysik vid Uppsala Universitet och nyligen sänt en uppsats till *Royal Society* i London, där han sökt bevisa icke-existensen av mörk materia. Uppsatsen hade artigt avvisats. Man hade från sällskapet – som ju hade anor från Carl von Linné – framfört att det, att bevisa icke-existenser, det fordrade så oändligt mycket mera, än att bevisa existenser, att det nära nog översteg mänsklig förmåga. Benno hade inte låtit sig nöja, men han hade försökt skriva om uppsatsen, så att den nu bevisade ett konkret kosmiskt tillstånd som kunde föreligga, och som hindrade förekomsten av mörk materia, när det förelåg. Sedan bevisade Benno att detta tillstånd i själva verket alltid förelåg. Även denna uppsats hade avvisats, då tillståndet ansågs vara metafysiskt. Och metafysik sysslade man generellt inte med i *Royal Society*, hette det.

Benno gick för övrigt på neuroleptika, och enligt honom själv var det enbart för att han blev så kåt av just mediciner av detta slag.

Det var denne envetne man, som nu stod utanför Edwards dörr och bad om tillträde, för att om möjligt kunna tigga till sig en hundring eller två.

”Jag är lite upptagen.” sa Edward och såg osäker ut.” Det har skett ett mord, Och jag ...”

”Ett mord??” Benno trängde sig nu snabbt förbi Edward in i den lilla minilägenheten, där Castor tryckte i ett

nedsuttet soffhörn, med den vanliga ängsliga minen må-
lad i nedre delen av ansiktet. Ögonen var som dom var.

"Hej!", sa Benno, som nu stod i öppningen till stora-
rummet och nickade glatt.

"Hej", sa Castor, och log.

"Hej hej", "Benno heter jag.", sa Benno och log större.
Det utmärkande för Benno, förutom den teoretisk-fysiska
ansatsen var nämligen, att Benno hade en slags pro-
grammatisk gladhet. Han inte bara alltid var glad, men
han menade även alltid att man alltid borde vara det.
Benno kunde sällan avhålla sig från att snabbt skissera
sin uppfattning om *Plikten att vara glad*. Detta lilla före-
drag, som nära nog alltid var identiskt, var extremt trött-
tande för omgivningen. Edward blev trött av det, för att
han tyckte att det i grunden var felaktigt. Men borde inte
alls alltid vara glad, menade Edward, och tänkte i sitt
stilla sinne att det i det mänskliga sinnet alltid skulle
komma finnas ett visst inslag av mörk materia. Och att
det borde finnas. Men det sa han inte högt. Inte till
Benno.

"Castor här säger att han hörde oväsen i går, när mor-
det skedde." sa Edward.

"Aha." sa Benno, som satte sig intill Castor i den gröna
tygsoffan, som var så använd, att de två nära nog satt i
golvhöjd. När man satte sig, så trillade också alltid ner
några tabletter ur stoppningen ned på golvet. Han prass-
lade med några broschyrer, som han tagit upp ur fickan.
Benno hade alltid broschyrer i fickan. Nu för tiden är ju
broschyrer sällsynta, och det var en gåta var han hade
fått dem ifrån. Han kanske gick på turistbyråer.

"Ja, jag hörde väsen, ett gräl mellan en kvinna och en
man. Ett förfärligt liv. Och skrik. Vilka exakt det var kan
jag inte säga.", sa Castor och slog ut med händerna och
lät munnen stanna i öppet läge.

"Det är ju bara att säga det polisen." menade Edward.
"Det är väl omöjligt att i efterhand komma på vad det var
för röster. Igenkänning sker ju omedelbart och inte retro-
aktivt."

Benno såg här på Edward, men kommenterade inte den
auktoritativa utsagan. Istället började han se sig om på

golvet och i skålar och askfat efter småpengar. Castor i sin tur förföll lugnad av Edwards svar, och lutade sig tillbaka i soffan, men fick ont i bakdelen och lutade sig framåt igen, trevade med handen bakom sig och rotade fram en tjock roman, Charles Dickens´ *Dombey and son*, och en *Pripps Blå*, som båda stoppats under sittdynan.

Benno reste sig och började snoka runt. Lodenrocken hade han lagt på armstödet till soffan. Han stannade till framför sängen, lutade sig ner och försökte kika ända in under den.

"Får jag?", frågade han.

Benno gled utan att invänta svar snabbt under sängen, där han lade sig platt och med rak arm svepte in över golvet för att finna mynt eller sedlar som möjligen spritt sig till denna plats.

Att Edward alls försatte sig i denna situation var ju ett bevis på hans generositet, men också på ren dumhet. Nu fick han ju skämmas ordentligt. Ty Benno rotade fram diverse småsaker ur mörkret under Edwards säng. Kvitton, kapsyler, damm, strumpor, pappersark, deckare, nålar, bokomslag, knappar samt en del småmynt – både giltiga och ogiltiga - och några tjugokronorssedlar.

Benno satt sedan på golvet vid sidan av sängen och ordnade sina fynd i olika högar, medan Edward och Castor bara passivt och med fascination såg på. Benno sade när allt var klart:

"185.50, kan jag ta dom?"

"Jadå.", sa Edward farbroderligt. Han funderade på om han skulle säga: "Skönt att bli av med dom.", men lät bli.

Då ringde det på portklockan. Edward hade ingen aning om vad Melbourne ville honom denna dag, och det var förmodligen denne, som just nu ringde på därnere. Ett rent infall var det nu, att Edward tänkte att han skulle låta sina nuvarande gäster stanna kvar och möta Melbourne. Edward själv skulle då få tid att tänka över vad det nu var som Melbourne föreslog. Ty ett förslag var vad det handlade om. Det visste Edward. Så gick han och svarade i porttelefonen, och hörde att det var Melbourne. Så öppnade han porten via en lång tryckning på den vita knappen.

Edward hade ingen aning om vad detta att följa sina infall egentligen innebar, och varför han så ofta var begiven på att göra just det. Att leva planlöst, vad var det egentligen? Var det hasard, eller var det indolens, eller var det dumhet, eller ödestro? Eller var det nåt annat?

Att leva enligt en plan var ju omöjligt.

KAPITEL SJUTTON.

Klockan på Jenny Linds Gata i Lunden närmade sig 09.50. Tilger Berg satt i köket och betraktade den lilla väggen ovanför kylskåpet, där han satt upp ett svartvitt foto av sitt ex, en viss Lisa, som han nu inte sett på två månader. De hade ett *on-off*-förhållande som, vad Tilger kunde förstå, skulle kunna fortsätta livet ut. Eller ännu längre. Frågan var då, om han orkade med ett förhållande av den typen, även om han trånade efter Lisa, beundrade, uppskattade och avundades henne och satte henne högt på alla vis. De stora slitningarna var så jobbiga, att han undrade om det inte skulle bli för mycket för honom med en sådan livslång berg-och-dalbane-romans. Ömt gled hans blick över fotot. Sen ryckte han sig loss, grabbade tag om mobilen och ringde upp Östra Sjukhuset.

"Kunde jag få doktor Ariana på Avdelning 37, tack? Det är från polisen."

"Ett ögonblick."

Strax hade han doktorn på tråden. Han förklarade sitt något egendomliga ärende. Enligt Tilger förhöll det sig så att en patient, en Didier Hansson, var misstänkt för mord. Detta var inte helt sant. Nu bad han att få besöka avdelningen, för att åter få tillfälle att tala med Hansson, samt att obehindrat få vistas på avdelningen för att kanske snappa upp vad Hansson hade för sig. Han ville alltså mest bara kunna sitta i en fåtölj och iaktta. Inte störa någon som helst.... Tilger förteg här sin verkliga plan, som ju var att enrollera Gummimannen, vilket ju, om det begärts, aldrig tillåtits, då ju Gummimannen var

64

patient. Man fick givetvis inte i rättvisans intresse försätta en patient i någon form av fara, eller över huvudtaget försätta någon i nånting.

Om nu Hansson i realiteten varit misstänkt, så hade antagligen förundersökningsledaren begärt att man skulle utpostera vakter utanför Didiers sal. Men det visste inte doktorn.

Doktorn sa, att det väl inte gjorde nån skada. Och mord var ju allvarliga saker. Han var välkommen. Man skulle ordna mat åt honom, sa hon.

"Mat och mediciner!", sa Tilger muntert, men detta inpass ignorerades av iranskan, som raskt lade på luren med ett kort och professionellt "Hejdå".

En timme senare denna onsdagsförmiddag tågade Tilger civilklädd in på avdelningen, efter att ha avlämnat pistolen i plåtskåpet utanför under överinseende av en rödskäggig "gorilla" i vit rock. Han försäkrade, att han fått tillstånd, visade sin polisbricka, och såg sig nu omkring. Nu var det betydligt mer folk än under det nattliga besöket, som Tilger gjort dagen innan. Klockan närmade sig sakta elva och lunchtid. Sköterskor och biträden sprang omkring och serverade mediciner, såg till att patienterna duschade, att bäddar var rena, att doktorerna fick tag på sina patienter, att psykologer hittade rätt, att ingen eldade i papperskorgarna, att man inte glömde sina mobiler på laddning, att alla var där, o.s.v. Läkare kom med kuvert och mobiler i händerna, lyssnade tålmodigt på patienter, som ibland ängsligt grep efter långrocksdetaljerna och höll dem kvar. Det luktade tvättmedel, ångest och piller och injektionslösningar och journaler.

Tilger kände sig bedövad av intrycken och sökte sig till en stor läderlappsfåtölj i ett hörn av dagrummet, bredvid vilken stod ett litet bord med *Hemmets Journal, Året Runt* och liknande tidningar på. Av Hansson och Gummimannen syntes inte ett spår.

Nu hördes ett oväsen i en dörr, och plötsligt rullades det in tre stora matvagnar av lika många extrabiträden, som alla hade gigantiska nyckelknippor i en hyska i byxan. I detsamma visade den stora klockan på väggen, ovan en Van Gogh-reproduktion att lunchtimmen var inne. Flickorna hade håret uppsatt och instucket i en ihoprullad kökshandduk. Man serverade idag strömming och mos. Det kändes lång väg. Det vattnades i munnen på Tilger.

Nu började dock denne bli nervös, och han fick tränga undan sina hungerkänslor. Hade Hansson skrivits ut, eller vad var det fråga om? Han beslöt att fråga en sköterska. Nej, det var så att Hansson och Gummimannen spelade pingpong nere i gymnastiken.

"Jaha", sa Tilger och beslöt att vänta på de båda, som säkerligen inte skulle missa strömmingen. Så ställde han sig i matkön bakom en flicka, som var ohyggligt mager och rörde sig stelt och obetydligt. Få av patienterna tycktes yttra sig annat än om de hade något önskemål i den ena eller andra riktningen: "Mat.", "Doktorn.", "Medicin", "Taxi", "Bok", "Säng", "Huvudvärk", o.s.v. Men det var ju å andra sidan vettigt.

De flesta av patienterna syntes leva i någon slags stark spänning. Så utstrålade de också någonting, likt rädsla, fientlighet, villrådighet, sorg, förtvivlan. Man såg på långt håll hur det var fatt. Här var det en fattig tillvaro, tänkte Tilger och led i tysthet. När han tog sin tallrik med strömming och mos, så skämdes han och tänkte, att han inte skulle kunna få ner en enda matbit i denna miljö, om han inte visste att han fick lämna den. Han tog så ett glas mjölk och en hård ostsmörgås också. Stämningen på avdelningen tycktes ha lugnat sig lite nu när maten delades ut. Det var som i ett pingvinhus, tänkte Tilger elakt. Den magra flickan tog ingen strömming, men tre skivor gurka.

Då uppenbarade sig Hansson och Gummimannen i den dörröppning, varigenom Tilger kommit in. Båda studsade till, när de fick se Tilger. Hansson gick sedan och ställde sig i matkön medan Gummimannen glatt kom fram till Tilger och hälsade med utsträckt hand.

"Trevligt att ses igen!", sa mannen med den vältränade kroppen och log ett bländvitt leende.

"Vem vann?", undrade då polismannen, som just satt sig med sin bricka vid ett halvtomt bord.

"Ha.", skrattade Gummimannen till svar, samt slog sig ner invid Tilger, utan att först ta någon mat. Hansson satte sig vid ett annat bord, långt ifrån.

"Du har inte ringt", sa Tilger, medan han tog en bit fisk, "fick du inte lappen?"

"Jodå, ... har inte haft tid. Har ..." sa den muskulöse mannen och tittade ner i bordet. Jag ..." Han tystnade. Han hade en roman av Stephen King i fickan.

"Det är okey."

"Jag ..."

Men Gummimannens röst stockade sig mer och mer, och han fick svårt att andas. Han fick också ryckningar i ena sidan som kom honom att falla av stolen med ett brak. Liggande på golvet fick han spasmer och ögonvitorna blottades. En sköterska och en skötare sprang fram och hjälpte honom.

"Stackars Johnny!", ropade en annan som rusade till med ett glas vatten.

Tumultet fortsatte i c:a fem minuter, varefter man ledde Johnny in på sitt rum. Tilger var skakad, och flera av patienterna blev mycket oroliga av anfallet.

Efter maten flyttade Tilger till en fåtölj vid fönstret. Han fann miljön fasansfullt och erbarmligt enerverande och hoppades - om och om igen - att han aldrig nånsin skulle hamna som patient på detta stället. Samtidigt beundrade han vissa av patienterna här, som verkligen utstod sin kamp stoiskt.

Hansson hade han förlorat ur sikte. Denne var förmodligen på sitt rum igen, och Tilger visste nu inte hur hans planer skulle kunna förverkligas. Dock beslöt han sig för att inte ge upp utan att spendera dagen på avdelningen, så som det var tänkt. Kanske Johnny skulle repa sig riktigt snabbt. Någonstans hade han hört eller läst att man blir trött i huvudet av ett epileptiskt anfall. Men han visste inte.

Snart satt han och spelade brädspel med en äldre man med kritvitt ansikte, och förlorade gång på gång. Tilger försökte starta en konversation med mannen, men denne mumlade bara, helt tandlös och satt, orörlig i den beiga, tunna sjukhusjackan och undvek Tilgers blick. Till sist, efter det Tilger pratat om promenadväder och att Trump syntes bli omvald som president, sade nu äntligen patienten något, i det tungan vispade saliv över bordet:

"Jag har inte sovit sedan 1992."

"Oj.", sa Tilger.

Man fortsatte att spela spelet i ytterligare en kvart när mannen sa att han måste gå och vila sig. Tilger tackade för en trevlig stund.

Sedan gick Tilger runt på avdelningen, tittade in i Didier Hanssons rum, som denne delade med Gummimannen, men båda två låg och sov, eller låtsades sova. Persiennerna var halvt nerdragna.

Efter en stund begrep Tilger att det var vanligt här på dessa avdelningar att patienterna gick och lade sig redan med detsamma efter middagen, eller i varje fall vid sextiden. Många hoppades nämligen därmed kunna lura sjukdomen, och sova bort den. Nu var det visserligen oerhört sällsynt att nån sov sig frisk. Men försök gjordes dagligdags.

På väg tillbaka till sin öronlappsfåtölj blev Tilger hejdad av en medelålders kvinna med en parant apparition, ja, en osedvanligt ståtlig hållning, men med härjat ansikte, som, under det fingrarna vibrerade och grep i luften framför henne, mekaniskt mellan starkt rödmålade läppar utstötte orden:

"Kan jag få en cigarett?"

Tilger rökte inte, och svarade just med en upplysning om detta. Kvinnan gick då vidare till närmsta andra person och upprepade sin fråga. Nu kom det en praktikant fram till kvinnan och sa – halvt övertygande - att om hon tre gånger sade *något annat*, oavsett vad, än: "Kan jag få en cigarett?", så skulle hon ... få en cigarett. Att detta ingick i en behandling, en s.k. "social träning", ordinerad av överläkaren, en medicine doktor, förklarade senare samma praktikant, som hette Susanna, för Tilger, som häpnade över upplysningen. Susanna blinkade sedan lite, och himlade med ögonen, indikerande att hon bedömda metoden grotesk.

Tilger skrattade till som svar, indikerande att det nog var hans uppfattning också. Den var ju inte bara grotesk, tänkte han. Den var ju omoralisk.

==

Tilger hade dittills trott att polisyrket var det mest spännande yrket på jorden, men började nu misstänka att det, att arbeta på Avdelning 37 överträffade allt.

Denna Susanna kanske kunde vara nyckeln till det hela, tänkte Tilger också. Men sedan slog han bort tanken. Han måste planera ordentligt. Han frågade Susanna vad kvinnan som ville röka hette, och fick till svar att hennes namn var Madeleine. Tilger beslöt sig för att gå till Pressbyrån för att köpa cigaretter till den olyckliga Madeleine. Han kände ett intensivt behov av att uträtta något. Och motbevisa vetenskapen. Han gick och köpte två röda Marlborough utan filter.

KAPITEL ARTON.

Bastionspetz och Ada Rehn ringde nu på hos Blessing Palam, vars lägenhet låg dikt intill Edward Tegelkronas. Blessings var en tvårummare med öppen spis, och med balkong åt Pontoppidans Gata till. Sovrummet låg åt denna baksida medan storarummet låg åt Abrovinschgatan, med västersol.

Blessing var hemma och öppnade iklädd en ljusblå hemmadress som stod bjärt vackert mot hennes mörka hy. Hon såg ut som ett mellanting mellan svart afrikan och en indier. Bastionspetz var inte lättflörtad, men Blessings leende och sätt att föra sig slog effektivt an i dennes sinne.

"Jag förstod att ni skulle komma,", sa hon neutralt och visade in de båda in i storarummet.

Möblemanget, som stod lite snett och var interfolierat med flyttkartonger av papp och trä, bestod mest av en stor soffgrupp i glänsande brunt skinn. Längs fönsterbrädet mot gatan fanns en rad stora genomskinliga glasskålar, alla med vattenlevande växter i, vilka lät sina långa lansettlika blad sträcka sig i långa kaskader ner mot golvet framför elementen. Det mest häpnadsväckande i inredningen var den jättelika elefantbete – nära två meter - som hängde på väggen över soffan. På andra väggar, vilka alla var nymålat kritvita, fanns det tigerskinn, buffel- och antilophorn, samt små huvuden av ett slags sällsynta getter. I några snören fanns det även vad som för gemene man syntes vara små mumifierade huvuden av, kanske, människa.

"Kors då!", sa Bastionspetz när han upptäckte att han stirrade på döda människor.

Ada nästan skrattade.

"Vad skall man med detta till?", frågade hon, troligen avsiktligt taktlöst.

"Jag gillar det.", sa Blessing och skrattade, äkta generöst visande sina stora, fyrkantiga, vita tänder. "Det mesta har jag fått av min far. Han samlar på sådant här. Vår familj kommer från Lagos."

Bastionspetz nickade.

Det tog en stund för de både poliserna att smälta den exotiska omgivningen. De nu också såg att de beträtt ett oerhört vidsträckt, mycket tunt, zebraskinn.

"Ja, vi undrar vad du gjorde igår." sa Bastionspetz sedan, i det han försökte manövrera sig ifrån skinnet till en strimma av parkettgolvet.

"Jag var hemma. Jag håller fortfarande på att flytta in, som ni ser. Det kommer en låda då och sen en låda då, från pappa och också från min farbror."

"Jaha, så du jobbar inte?"

"Jag är dansare. Just nu har jag inget engagemang."

Hon såg sig lite om, som om hon beräknade utrymme, och gjorde därefter - ståendes på zebraskinnet - en perfekt frivolt, baklänges. Att inte göra den framlänges är den lite enklare varianten. Bastionspetz applåderade artigt, och tänkte att det var längesen han sett något sådant. Han hade själv aldrig kunnat göra någon frivolt och skulle nog aldrig göra en heller.

Ada stirrade på de halvstora, torkade huvudena, som hängde i en illustert mörkröd stropp. Det påverkade hennes inre på ett egendomligt sätt. ”Tänk inte på,”, tänkte hon, ”att detta är riktiga människohuvuden ...”, och sen stannade tanken.

”Ja, det är en annan kultur, - helt annan.”, förklarade Blessing och log. Hennes läppar var mycket röda.

”Hörde du möjligtvis något konstigt i går? Eller du kanske inte var inne hela dan?”, undrade Abraham, som samtidigt höll ett öga på Ada.

”Jag sprang lite ärenden, men annars var jag hemma.” sa den mörkhyade flickan. ”Jag varken upplevde något konstigt eller viktigt eller någonting alls. Ingenting alls, faktiskt”

Blessing talade snabbt och hade lätt för att finna orden. Hon utstrålade en 100%-ig kontroll och en originell social kompetens. Hon var elaborerad. Hon fullföljde sina rörelser, och sina meningar och vad hon gjorde. Hon var en fullföljare. En sällsynt fågel, sannerligen.

Ada gick runt och tittade i rummet. Hon pekade på dörren till sovrummet och frågade:

”Och det är sovrummet?”

”Exakt. Där är ännu mindre klart.”, sa Blessing lätt och sparkade till en liten kartong med bitar av träull i, så att den for två meter och sen in i väggen.

”Nähä”, sa Ada. Hon pekade på en stor grön plastbur, som stod i ett hörn vid fönstret, med en kruka med en juckapalm på.

”Vad är detta?”

”En hundbur. Jag hade en hund, en bastard. Stor. Jag fick ta bort honom. Han var för vild.”

”Jag tror vi är klara då.”, sa Bastionspetz efter en kort tystnad. Ada kliade sig taktlöst i armvecket och suckade på det sätt man gör när man är utled. Hon provocerade givetvis.

”You are welcome.”, sa Blessing glatt, och visade ut dem med lätta, graciösa rörelser. Hon hade minst tio armband på vardera armen, och de rasslade av dyr plast.

Efter det de båda lämnat lägenheten och var på väg
nerför trappan, för att gå ner till Underkant och höra om
han hade något nytt att berätta, sa Bastionspetz:

"Det var en lycklig människa."

"Du e rolig.", sa Ada, utan att riktigt begripa vad Abra-
ham menade. Menade han att hon var barnslig?

"Jag bara hoppas att jag efter min död inte kommer att
torkas och att mitt huvud inte hamnar på nåns vägg, som
prydnad.", sa Abraham sen.

"Mm.", sa Ada.

"Hon kunde blivit en utmärkt polis. Verkade ha nerver
av stål.", sa Abraham, när de lätt hukande båda två
svängde ner för sista halvtrappan ner till det diminutiva
mangelrummet. Varför i alla sin dar hade man gjort alla
källarrummen så små? Antagligen för att källaren i sin
helhet inte var större. Men varför var källaren inte
större? För att huset var byggt under kriget, kanske? Att
man överhuvudtaget hade byggt något under kriget! Om
det hade blivit krig nu, så hade man väl inte byggt hus!

Överdådigt var det hur som helst inte på Abrovinsch-
gatan.

KAPITEL NITTON.

Didier Hansson låg på sin säng med ett gult överkast
över sig. Gummimannen var inte inne på salen, men han
hade tagit en promenad, eftersom det åtminstone inte
just för tillfället regnade. Johnny var ju noga med att
hålla sig igång och sköta sin fysik. Det var nog bra att
sköta sin fysik, om man hade epilepsi m.m..

Didier blundade och led. Framför hans ögon virvlade en
form av ljus, som då och då tog osäkra former av gestal-
ter, gester och olika pulserande dimmor, interfolierade
med någon form av pilar, samt färggranna rundlar som
kom med oregelbundna intervall. Sin kropp upplevde han
som nedsänt i någon form av grav. Hur mycket han än
sjönk ner i denna grav, och han sjönk hela tiden, så vek
inte det ljusa skenet, som tydligen fanns inuti hans ögon

72

eller hjärna. Om han höll en hand för ögonen eller inte spelade ingen roll. Ljuset var där. Didier längtade efter mörkret. Om det bara blev mörkt framför hans ögon, så han fick lite ro. "Det underbara mörkret.", tänkte han.

Ibland kom det även siffror framför hans ögon. Didiers stora intresse var ju matematik, och han hade ett innerligt förhållande till denna exakta vetenskap. Matematik, som var grundad i logik. Logik, som var grundad i universum. Universum som var ett sakläge. Ett sakläge. Ett Wittgensteinskt sakläge! Didier Hansson hade en intellektuell idol. Det handlade om Ludwig Wittgenstein. Mannen som tvivlade på ALLT. Och vars "saker" aldrig var ting, men ett slags översinnliga logiska atomer.

Varför skulle matematiken vara logisk? Frågan störde honom. Eller, den både störde och befriade honom.

Varje störning var också egentligen en befrielse.

Fast mer genuint störde honom kanske just nu den där polisen, som försökte få honom att ... tänka efter. Han ville inte tänka efter alls. Så fort han tänkte på gårdagen, var det som om en falldörr damp ner framför hans inre öga, och allt han såg var en grå vägg. Visst kände han till förträngningens mekanismer, så som till exempel Freud framställt dessa i sin berömda *Drömtydning* från år 1900, men vad hjälpte det? *Trrrraumdeutung.*

För övrigt var han just nu övertygad om att han kunde inbilla sig vad som helst. Vad nu det innebar. Det var verkligen en filosofisk fråga. Man kunde nog bara ställa sig en sån fråga, om man var verkligt ung. Vilket ju Didier var.

Om natten kunde han se ett par vilddjursliknande gula ögon stirra på sig. Om någon människa var olycklig, så var det han! Var han rent av skyldig? Fast givetvis, på den här avdelningen fanns det gott om människor, som föreföll ha ett helsicke. Men de flesta var nog inte medvetna om det, på det starka sätt som han själv var. Därför var det mest synd om honom. "Det var definitivt mest synd om dom, som hade ena benet kvar i de förnuftigas värld!", tänkte han. Om man var helt vansinnig, så kunde man ju knappast lida, eftersom man då inte kunde inse något på djupet, och ingenting var för den vansin-

nige verkligt, menade Didier Hansson, som, relativt nöjd
med denna [f.ö. helt felaktiga] slutsats, drog den gula
filten, som liknade ett överkast, fullständigt över huvudet
och försökte - åter och åter igen - att sova bort alltihop.
Som om det hela var en ond dröm. Om man bara fick
sova ostört, och tillräckligt länge, så skulle definitivt den
där luckan, som fallit ner, dras upp, och man skulle åter
klart kunna se vad verkligheten hade att erbjuda!

Hettan i huvudet var verkligen outhärdlig. Huvudet
var som en varm klump. En gröt. Han vände och vred sig.
Och han var inte det minsta sömning. Nu var det dessu-
tom snart lunch. Hem kunde han inte åka, för då kom
polisen och frågade. Han skulle be om en *Stesolid*, tänkte
han. Eller rent opium. Eller torralkohol. Dom kanske
hade nån lösning. En lösning. ---- Själva dubbeltydighet-
en fick honom lugnare. Om han upprepade ordet "lös-
ning" flera gånger, så skulle han, just i själva oscilleran-
det av betydelser, kunna vagga sin själ till ro, tänkte han.
"Lösning, lösning, lösning." "Borsyrelösning." "Bor",
"Bormann." Ingenting var som dubbeltydigheten, tänkte
han. I dubbeltydigheten fanns en svävning. Varför fanns
det inte dubbeltydigheter i matematiken? Man kunde
suggerera sig. Det kunde man. Fast Wittgenstein hade
faktiskt försökt tänka sig en matematik med två svansar.
Eller något sådant. En matematik där man kunde välja!
Om man inte var vansinnig, så kunde man suggerera sig
till det. Säkert.

"Lösning,

lösning,

lösning....",

"Opium!"....

"Lösning, lösning....",

"Mordmisstänkt.",

"Lösning."

KAPITEL TJUGO.

Greg Nelson hade besökt de båda affärer, som på ett nästan kusligt elegant sätt med sina övervakningskameror kringrände fastigheten Abrovinschgatan 24½. Med benäget bistånd av de båda innehavarna, en iranier och en turk, hade Nelson samlat in kassetterna med film. Han satt nu på tredje våningen i den lilla polishusskrapan vid Skånegatan denna onsdagsförmiddag och granskade filmerna från gårdagen i en version av *iSpy,* ett litet videoprogram, i sin laptop. Greg hade erövrat titeln *polisassistent* denna dag, efter att ha varit polisaspirant i ett halvår, och kände sig mycket stolt över, och bekväm med, de nya axelklaffar som prydde den ljusblå skjortan. Vid sidan om sig hade han ett par burkar *Coca-Cola.* Han tog en klunk, och utbrast. *"My God!"*

Han vevade nu filmen från servicebutiken som visade framsidan av huset, från Dobermanngatan, som visade huvudporten till Abrovinschgatan 24½. Han startade vid tisdag klockan tolv, och klickade sig framåt. Gregs ansikte lystes upp av datorskärmen. Han hade ett ungt, sympatiskt, blekt och vänligt ansikte.

Ansikten är ju en välsignelse. Tänk på hur mycket ett ansikte säger och gör! Men man kan här givetvis inte tala om ögon, näsa och mun och deras relativa placering. Inte med någon större framgång. Det handlar inte om att känna igen.. Ty ett ansikte är i själva verket primärt en slags spegling av ett inre ansikte. Inom varje människa finns ett slags väsen, som är kopplat till ett inre ansikte, ett *sakta* ansikte, som alltid utstrålar en sanning inom personen. Och hos Greg såg detta sakta ansikte nu lika fridfullt ut, som hans yttre. Han stod i samklang med sig själv.

I ungdomlig, oskuldsfull iver vevade han filmen, och iakttog vad det var för personer som gick ut och in ur fastigheten under tisdagen.

Ibland handlar det dock om att känna igen. Då är det bra, om man förutom *iSpy* har ett ansiktsigenkänningsprogram. Det hade inte Göteborgspolisen och inte Greg

heller. Han skulle skaffa. Men det hade inte hunnits
med. Man var lite underbemannade. Sa man.

Klockan 15.12 syntes en man lämna Abrovinschgatan
24½ via porten på framsidan, och, något vinglande, ta sig
mot busshåll-platsen, som befann sig något närmare
kamerans placering än porten. Så befann sig mannen,
när han inte skymdes av några träd, som ju stod kala i
hösten, rätt synlig. Greg zoomade in. Mannen hade
cendré hår, och en mycket lång näsa, som nästan
sträckte sig till hakspetsen. Övriga personer, som kom
och gick mellan 12.00 och klockan 16.00, var bland andra
postkillen, en kvinna med en Chowchow, samt ett flertal
av de ungdomar som bodde i huset. Greg tog bilder på
ansikten och förde över dem i en mall, så att han fick en
serie, som därifrån kunde identifieras lätt.

Sedan laddade han kassetten från kebabrestaurangen
på Pontoppidans Gata. Här kunde han se baksidesin-
gången, över vilken fönsterraden som löpte vertikalt
ända upp till byggnadens tak visade trapphusets inre.
Där kunde han då se, hur en dam var ute med soporna
vid ettiden, men även hur det körde fram en bil, en
mörkgrön stor SUV, på den smala asfalterade strip som
löpte bakom huset som en brandgata. Ur bilen hoppade
en ung man med brett ansikte och ansat skägg, klädd i
mörka kläder, och försvann in genom porten. Detta var
vid 14.30. Han kom ut igen först 15.30, verkade då nervös
och körde iväg ensam. Men vad som intresserade Greg
mer, var allt det ”spring” som förekom bakom glaset till
entrédörren på baksidan, kring klockan 15.00. Detta
”spring” var ytterst svåranalyserbart, och Greg kallade
nu på sin kollega i rummet intill, Kondrad Pettersson, för
att få honom att hjälpa till med analysen av det man i
videoredigeringsprogrammet kunde skönja av de bilder,
som visade baksidan av Abrovinschgatan 24½.

Man drog upp bilderna tills pixlarna nästan var stora
som A4-ark, jämförde, gissade och syftade och efter flera
timmars arbete, så kom man fram till en analys av vad
man TRODDE sig se. Filmen visade händelserna, som
utspelades kring klockan tre i det utrymme, som alltså

var strax utanför dörren till källaren, inne i vestibulen, på husets baksida:

I källaren befinner sig nu den mördade, Grit, som syns ha gått ner och lämnat och återvänt till tvättstugan under dagen, medförande sin tvätt och sin lilla röda radioapparat. Två personer, en svart kvinna och en vit man, går 14.40 nerför trapporna till baksidan. Mannen, som har mörka kläder, bär en röd låda, eller väska, och sätter ner den när de kommer till husets bakdörr. Uppenbarligen är den mannen identisk med den man som kom och som åkte med den mörkgröna SUVEN. Sedan börjar en slags kalabalik. Man lämnar väskan, som på något sätt syns försvinna. Och sedan blir det ett slag tomt bakom dörren, ur den kameravinkel allt ses genom. Så, efter c:a 5 minuter kommer ytterligare en person, en man, en smalare man, ner till nedre farstun, vid bakdörren. Han tycks också ha ett ärende till tvättstugan. Sen är det lugnt några minuter, tills den smale kommer rusande upp från källaren. Han rusar sedan vidare uppför trapporna, vilket man kan se från Pontoppidans Gata, och in i sin lägenhet till höger på tredje våningen. Detta syns alltså vara – vad Greg kan förstå, med ledning av en förteckning över hyresgästerna, som han har bredvid sig – Didier Hansson.

Efter ytterligare 10 minuter kommer paret med väskan eller lådan upp från källaren. Klockan är 15.07.. Nu bär de denna, som är röd, eller har ett rött emballage, ända upp till en lägenhet, också denna på tredje våningen, fast till vänster, på andra sidan om Tegelkronas lägenhet. Blessing Palams. Klockan är nu 15.20. Sedan kommer polisen.

Rent teoretiskt skulle den man, han med näsan, som lämnade huset genom huvudentrén 15.12 kunna ha mött paret med den röda lådan, inne i trapphuset.

"Så, då vet vi", sa Greg till Kondrad, "att mördaren antingen är någon av de två i det paret, som försvann in i Blessing Palams lägenhet, eller Didier Hansson eller så är mördaren här, vid 15.20, kvar i källaren och hittas inte av polisen, som kommer dit då. Eller hur? Det finns ingen annan väg ut ur källaren, än genom dörren, som vätter mot den lilla farstun som vätter mot Pontoppidans Gata eller genom fönstren i tvättstugan, som likaså täcks av kameran på kebaben på Pontoppidans Gata"

"Jaa.", sade Kondrad som tog sig om hakan och sävligt stirrade på filmrutorna, som Greg varsamt klickade "Forward" eller "Back" och "Stop" på.

"Kanske dags att slå en signal till Bastionspetz om detta. Det borde förenkla...", sa Greg och lyfte upp sin *iPhone*.

"Konstigt, att inte den där Didier kunnat klämma ur sig nåt...", sa Kondrad. "Det egendomliga paret ser ju jädra skyldigt ut..."

KAPITEL TJUGOETT.

Tilger Berg satt på sin nyfunna favoritplats på avdelningen, fåtöljen invid fönstret, och väntade på att antingen Gummimannen eller Didier Hansson skulle dyka upp i dagrummet. Den äldre mannen, som inte sovit på åratal, satt vid ett av de runda matborden och försökte lära en blek, halvfet flicka att spela schack. Flickans ögon var egendomliga. De var blå, och de skelade inte, men när de såg på något så tycktes blicken liksom gå runt föremålet eller personen. Det tycktes omöjligt för henne, eller förbjudet, att möta en blick, och så höll hon hela tiden huvudet något nedsänt och kikade försiktigt på världen genom en liten glugg av styvkrulligt, halvlångt mellanblont hår, som satt uppfäst på vardera sidan huvudet med ljusblå plastklämmor.

Efter att ha provat hästens originella svängar ett par gånger, så tycktes flickan tröttna. Hon vred nu på huvudet och såg istället nästan rätt bakåt, mot ett hörn varifrån hördes skratt, utan att märkbart vrida kroppen. Det var kvinnan med den raka hållningen, som jämt bad om en cigarett, som nu kallt och metalliskt skrattade åt något hon såg på tv:n intill. Hon satt ungefär en och en halv meter ifrån den, och såg på ett program om hur man klär sig snyggt till bröllop.

Tilger blev alltmer dyster av miljön. Det började krypa i honom och han tänkte återigen plötsligt på möjligheten att han skulle hamna här, och vara tvungen att vara här veckovis, månadsvis eller år. En psykiatrisk avdelning av detta slag liknar kanske i mycket de gamla mentalsjukhusens avdelningar, tänkte han. Sjukdomarna är naturligtvis desamma nu som de var förr. I visst avseende var det fullkomligt tröstlöst, eller så var det bara som han uppfattade det hela.

Då studsade Gummimannen in genom dörren, som hölls uppe av gorillamannen. ”Aah,”, tänkte Tilger, ”han har hämtat sig nu!” Och gummimannen kom, med ett stort leende, fram och gjorde *high five*.

”Jaja”, sa han, ”så du har inte fått igång Didier än? Eh?” skrattade han och slog sig ner i en fåtölj intill, efter att ha flyttat på en trave spelkort som låg där.

”Nä.”, sa Tilger och lutade sig fram och såg den intagne i ögonvitorna, ”du skulle inte kunna hjälpa mig och fråga honom, om det är något som han vill berätta?”

Gummimannen stirrade på honom. Tilger såg avskyn i dennes ögon och insåg att här hade han verkligen inte bara gjort bort sig, men här hade det verkligen blivit alldeles, alldeles fel. Och Gummimannen reste på sig, skakade demonstrativt på huvudet och gick sen och satt sig i en fåtölj i andra änden av dagrummet. Han satt sedan där och läste *Kalle Anka*.

Då såg Tilger att morsmördaren kom gående i korridoren. Denne svängde av och gick fram åt Tilgers håll.

”Vad gör du här?”, frågade han. ”Du är ju inte sjuk.”

”Nä, alldeles rätt,”, sa Tilger, ”jag är på besök.”

”Hos Didier?”

”Jepp.”

”Varför är du inte med honom då?”

”Han är för trött.”

”Han är inte sjuk han heller. Han är bara chockad.”, sa morsmördaren kallt.

”Är han? Hur vet du det?”

”Man lär sig på ett sånt här ställe. Man ser det med detsamma. Om man inte ser med detsamma, efter att ha varit här i en månad, så är man korkad i huvet.”

"Aah."

Tilger funderade, allt medan den unge mannen stod nästan lutad över honom, förklarande de psykiatriska avdelningarnas eviga sanningar.

"Vad är han chockad över då?", klämde Tilger i med, och tänkte att detta kunde, möjligen, vara det sista han själv sa här i livet. Den andre såg pigg och stark ut, och hade ju – som Tilger insåg – inga särskilda hämningar.

"Det är väl nåt han har sett.", sa desperadon.

"Ja, undra vad de e...", sa Tilger.

"Fråga honom. Han behöver nog berätta. Om man bara pratar, så brukar allt släppa."

Tilger nickade. Det lät ju vettigt. Den andre satte sig och tog fram en anteckningsbok ur kavajfickan.

"Se här! Jag håller på att skriva en bok. Vill du läsa?"

Tilger sken upp och tog boken, vred och vände på den lite, och såg att författaren skrivit sin namn – Christian Beaufontane - på försättsbladet. "Detta är inte ovanligt bland aspirerande skriftställare", tänkte Tilger, och började sedan med kapitel ett, vars första tio rader var det enda, som ännu var skrivet. Han hade inte väl börjat läsa texten, som i mycket handlade om blod, yxor och knivar, då Christian ryckte åt sig boken, och började skratta åt alltihop, - som det verkade.

"Asch, jag bara skojade."

Nu svettades Tilger och tänkte, att detta knappast var någon idé. Här fanns inte en enda normal människa! Trodde man att nån var normal, så blev man stunden efter besviken.

Christian avlägsnade sig med långsam vaggande gång. Uppenbarligen levde denne i en helt egen värld. Tilger pustade modfälld ut och satt ett slag och såg sig omkring, vankelmodig. Praktikanten Susanna dök upp som en frälsare för polisassisten. Att man behövde en viss utbildning för att kunna hantera en del patienter på en sådan avdelning, var inget som Tilger denna dag insåg.

"Ååh.", ropade han till, glatt men nervöst, "Jag undrade just vart du tagit vägen."

"Här e en hel del att göra.", sa hon, och hon lade, som hon kanske ofta gjorde i denna miljö, en hand på hans

axel. Tilger nickade och tänkte att det kändes väldigt
skönt. Det kändes att denna hand inte tillhörde någon
som var sjuk. Han undrade dock plötsligt – i irritation
över hur extremt lugnande den handen var - hur det gick
för Bastionspetz och de andra, och ursäktade sig. Han
måste ringa. Han stod inte ut med stället han befann sig
på.

Snart stående intill ytterdörren ringde han upp Abraham.

"Hallå!"

KAPITEL TJUGOTVÅ.

Blessing, nu i mörkviolett åtsittande dräkt, som fick
henne att se ut som en dam, väntade besök. Pojkvännen
Bogdan skulle dyka upp. De hade en hel del att tala om.
Vad hade de inte ställt till med? Helt oförskyllt, men
ändå! Nu ringde det i porttelefonen, och Blessing gick
hastigt fram och tryckte på den lilla vita knappen på
sidan, som gjorde att låset till entrédörren till Abrovinschgatan 24½ klickade upp. Efter någon minut öppnade hon, utan att invänta någon signal på denna, sin
ytterdörr och släppte in sin *partner in crime*, Bogdan
Lingenport. Denne var en blek, stöddig pojkman med
östeuropeiskt utseende. Han var kortväxt och muskulös,
välklädd, med ett påfallande brett ansikte, djupt liggande
bruna ögon, svart kortklippt skägg och en ansiktstatuering som täckte halva vänster kind.

"Bogdan, du är ju sen ....", klagade Blessing och grep
tag i Bogdans överarm, men denne skakade sig loss och
fortsatte med snabba kliv in i det exotiska storarummet.

"Hur mår han?", frågade Bogdan kyligt och slängde
ifrån sig ett litet brunt paket, som han burit under armen. Det hamnade, rullande två varv, i skinnsoffan.

"Bra.", sa hon kort. "Han har sovit."

Hon stod mitt i rummet och medan hon talade gjorde
hon oupphörligen tåhävningar. Då och då såg hon i mobilen. Hennes blick var denna dag hård.

"Har polisen varit här?" Bogdan halade upp en liten, halvt genomskinlig, brunaktig flaska, som kanske rymde en halv deciliter vätska, och skruvade upp korken och tog en liten klunk. Det smakade illa, men den lille smidige mannen, som såg ut som en gangster, lyckades dölja sin ovilja inför beskheten. Bogdan var opiummissbrukare.

Blessing nickade och strök med händerna över dräktens siden. Hon såg *enastående* ut.

"Dom anar ingenting.", tillade hon.

"Då kanske vi kan vänta med att agera tills i natt.", sa Bogdan, "För om allt bara är planerat och går lugnt till, så klarar jag det. Jag vill inte ha panik, alltså!"

"Du vill?", sa Blessing.

Bogdan satte sig på ytterkanten av en av soffans kuddar och slog sig sen tankfullt på tinningen.

"Men det myllrar av snutar här.", sa han sen. "Vi kommer aldrig att få ut honom."

"Då får vi väl steka upp honom då!"

"Det gör jag inte."

"Men, du sa ju att du skulle göra det?"

"Det var bara prat. Jag gör det inte. Jag kan inte."

"Nähä. Om vi alltså inte kan få ut honom ur huset, och inte kan steka upp honom, vad gör vi då? Jaja, nu kommer i alla fall snart Lalonde."

Blessing sköt fram hakan något lite och slog ihop händerna. Hon var ingen hysterika precis. Relationen mellan den mörkhyade danskonstnärinnan och den muskulöse ynglingen tycktes vara ytterligt spänd, något som illustrerades bland annat av det faktum, att de ännu inte alls rört vid varann, men tvärtom höll flera meters distans.

"Lalonde ja.", sa Bogdan dystert och tuggade luft med sina breda käkar. Blessing betraktade sin pojkvän. Hon beredde sig att säga något.

Då ringde det på dörren.

"Herregud, vem är det? Lalonde kan inte vara här."

"E de polisen igen kanske?", undrade Bogdan och såg sig omkring, grabbade tag i paketet och stack det i innerfickan, vilket gjorde att kavajen missformades förfärligt. Paketet innehöll korv. Blessing försökte kika genom titthålet, men där syntes bara en skugga. Då öppnade Blessing dörren.

KAPITEL TJUGOTRE.

Tilger knackade försiktigt på dörren till den dubbelsal där Didier Hansson låg. Det kom inget svar, men besökaren sköt ändå upp den breda dörren med det stora, egendomligt böjda matallhandtaget. Persiennerna var halvt nedfällda och rummet låg i dagskymning. Didier låg och stirrade i taket. Med ena handen trummade han långsamt på täcket och man hörde kanske också ett litet mummel.

Tilger Berg tog steg efter steg in i rummet.

"Didier!", viskade Tilger, "det är jag. Polisen."

Trummandet på täcket avstannade omedelbart. Didiers ögonlock vibrerade något och det ryckte i hans panna. Kanske var ändå något på gång, tänkte intränglingen.

"Du behöver inte svara. Men det kanske skulle hjälpa om du pratade? Du kanske skulle må helt bra efter vi har pratat?", sa Tilger, som nu var nästan ända framme vid bädden.

"På det här stället är folk ärliga.", sa Didier, vilket var så gott som det första han sagt, sedan han blev inlagd på avdelningen. Uppenbart var, att han hade lyssnat, sett och förstått mycket av vad som hände på *Psykiatriska Klinikens* psykosavdelning. Ty här stod just begreppet "sanning" högt. Lika uppenbart var att yttrandet hade flera bottnar. I ett avseende var det givetvis en passning till Tilger, vars uppträdande i mycket var präglat av list och manövrar. Där stod givetvis Didier högre med sin tystnad och sitt enkla beteende, starkt präglat av *splendid isolation*.

"Du har ingenting att berätta?", undrade Tilger, något bragt ur fattningen.

"Nej, vad skulle det vara?", svarade Didier, som i detta ögonblick svepte täcket åt sida, steg upp, tog på sig skorna för att därefter raskt passera förbi Tilger ut i

korridoren. Väl ute i korridoren började han söka efter
kaffevagnen, där det nu också fanns nybredda smörgåsar,
en del med sylta på, andra med kassler, och åter andra
med sill och ägg.

Tilger följde efter på avstånd, och han kände nu, att
han blev mer och mer iakttagen, både av Gummimannen
och morsmördaren, men även av andra patienter, som
allihop tycktes känna på sig exakt vad som försiggick
mellan honom själv och Didier. Och det tycktes som om
de tog Didiers parti och inte mycket länge till tänkte tåla,
att Tilger fortsatte att störa Didier, i vilket ärende det nu
var. Den ende som tycktes inta ett objektivt förhållnings-
sätt var den bleke mannen som aldrig sov. Dennes blick
var mild och förstående mot alla.

Med denna plötsliga insikt, om sin utsatthet och även
med hänsyn till Didiers mycket klara negativa besked, så
fattade den unge polisen beslutet att söka en omedelbar
exit, med hjälp av den kraftfulle vårdarvakten. Han blev
- efter en kort konsultation med expeditionen - snart
utsläppt, och såg på sin klocka, som nu var vid pass
12.00. Tilger manövrerade sig ut ur den stora byggnaden
gick snabbt mot parkeringen.

"Helvete också.", sa han och satte sig i förarsätet.

Ofta nog hade han, bara under den korta tid han varit
polis, upplevt att man tog parti MOT polisen. Det fanns
en sådan kultur, speciellt hos folk som hade det lite
sämre ställt. "Sanningen,", tänkte han "ja, alla var ju
intresserade av den."

Tilger hade inte just nu vare sig förmåga eller lust att
utveckla något resonemang om Sanningen.

Kanske hade han önskat sig besitta en bred reflexion,
som innefattade begreppet "dubbel sanning". Var det inte
så att man kunde betrakta ett psykiskt tillstånd från
både en psykologisk och en biokemisk synvinkel?

Psykisk sjukdom var – skulle en oberoende iakttagare
säga - ett enda odelbart helvete, som kunde betraktas
utifrån ett biokemiskt perspektiv, likaväl som ur ett
psykologiskt. Om något hände i ett psyke, så kunde man
dels märka det genom att studera psykologin, men det

kunde också avläsas biokemiskt, om man hade känsliga instrument och bra metoder.

Kunde inte också *Sanning* vara både existentiell och beroende av en viss egenartad mix av signalsubstanser. Nja, inte riktigt. Sanningen är ju en. Man kan se den från olika håll. Men en är den. En sanning har givetvis inte något kemiskt utseende. Om det inte gäller en sanning inom just kemin.

Sanningen för Didier var också en. Även om den sanning det gällde, hos Didier, kanske var blockerad, förträngd. Även om det var så, att Didier inte kom ihåg vad som var sant, så var sanningen densamma. Även denna förträngning kunde mätas i en förhöjd halt av ett ämne, så var ändå sanningen en.

Men detta tänkte inte Tilger. Ty hans tänkesätt var, som sagt, inte sådant. Han var förbannad för att Didier inte kunde haspla ur sig vad han sett i källaren. Och Tilger trodde att orsaken till att Didier inte gjorde det, det var helt enkelt för att Didier var "en elak dj-vel".

Så startade Tilger sin Mazda, som för tillfället endast gick på tre cylindrar då det var fel på tändkabeln, och körde in till centrum, mot Skånegatan och polishuset.

I ren frustration så körde Tilger fel och hamnade nu på en väg som ledde till Tingstadstunneln och ut till Hisingen, dit han inte alls skulle. Själslig sanning inte polisens sak. Man hade helt enkelt att avgöra enkla ting, såsom vem som hade mördat Grit. Konstigare var det inte för polisen. Att avgöra detta var varken djuppsykologi, biomedicin eller filosofi.

KAPITEL TJUGOFYRA.

I mangelrummet kom nu Bastionspetz in till Underkant och Ada Rehn efter att ha talat med Greg.

"Vad har vi nu då? Klockan är nu 13.00. Jaha." Bastionspetz såg sig omkring." Jag har nyheter, men jag vill först höra era. "

"Ja, fru Franscetti och fröken Ahlberg har jag talat med
här på kontoret.", sa Stellan Underkant. "Dom var både
extremt oroliga. Dom kände inte offret, men hade talat
med henne, bland annat i tvättstugan. Det var en udda
människa sa dom, men oförarglig. Hon var inte så intres-
serad av umgänge. I alla fall inte med dom, sa tanterna. I
vilket fall som helst, så var de båda oroliga för att bli
nästa offer och bad att få slippa öppna dörren. De ville att
vi skulle ringa först."

"Jag förstår.", sa Bastionspetz. Han bytte genast ämne.
Förståeligt nog, med tanke på vad han nu visste.

"Jo. Greg har ringt och meddelat resultaten av kamera-
övervakningen. Otroligt. Det verkar som om det kan var
Blessing, den mörka flickan, som är inblandad i alla fall.
Tillsammans med en man. En okänd man. Troligen en
pojkvän. Dom syntes utanför källardörren här, minuter-
na innan mordet. Så jag kan bara föreslå, att vi frågar
henne vad hon gjorde där."

"Men vad kan ha hänt? Har vi alls någon idé om vad
som hände?", undrade Ada. "Skall vi inte veta mer innan
vi ...."

"Vidare vet vi också,", fortsatte Bastionspetz ivrigt,
"enligt Greg, att Didier Hansson var i källaren samtidigt
som paret Blessing, om vi kallar dom så, och då kan vi ju
kanske fråga Didier mer specifikt om just det...."

"Om Blessing blånekar, vad gör vi då?", undrade Un-
derkant och slog med ett finger på kinden.

"Jag förstår inte detta.", upprepade Ada enkelt.

"Vi måste göra en husrannsakan hos Blessing. Vända
upp och ner på allt!", sa Bastionspetz bestämt. "Hon
kommer inte att gå med på något. Du såg hennes stil,
Ada? Vi behöver bevis. Det är jag som är utredningsle-
dare, så vi kan gå dit meddetsamma.", sa Bastionspetz.
"Hon var ju inne, synlig, för inte så längesen."

Ada satte sig vid en mangel och begravde huvudet i
händerna. Hon vaggade av och an.

"Det stämmer inte. Grit Pinnolte blev inte mördad! Hon
blev inte mördad! Blessing hade ingen anledning att
mörda tanten!"

I detsamma måste Ada ha kommit åt en knapp på mangeln, ty utan vidare tog mangeln med ett mullrande tag i hennes långa svarta hår och drog in det, och började med att mangla detta. Ada gallskrek, Underkant gallskrek och Bastionspetz gallskrek. Agnes Mantelstjärna och en annan polis, vid namn Boltzmann, som befann sig i entrén, för att tala med hyresgäster, kom rusande med dragna pistoler. Efter c:a två minuter, under vilka Bastionspetz och Underkant febrilt försökt få stopp på mangeln, stannade denna med ett ryck av sig själv. Men det sista rycket var det ryck, som närapå drog av Ada hela vänstersidan av håret, och hon svimmade nu fullständigt, och blodet rann från hennes huvud i floder ut över golvet i mangelrummet.

Agnes ringde efter en ambulans, och sen åkte Bastionspetz, Underkant och Ada i ilfart upp till akuten på Sahlgrenska.

"Detta är typiskt.", sa Bastionspetz, när han och Underkant följde akutpersonalen ett stycke på väg på intaget. Nu var emellertid allt ljus på Ada. Och alla händer hjälptes åt för att försöka få ordning på henne.

"Jag har alltid varit j-vligt rädd för manglar. Ända sen barnsben.", bekände Underkant, som ryggade inför alla tuber och slangar.

"Ja, manglar och centrifuger är ju definitivt farligare än det mesta.", menade Bastionspetz. I handen hade Abraham en hög av blodigt hår i en påse. Kring Adas huvud hade ambulanspersonalen virat en handduk. Nu höll man koll på blodtrycket och pulsen, och Ada låg där, blek som en prinsessa, på den gröna bädden i akutrummet.

"Det är chocken som är det farligaste.", sa sjuksköterskan, en ung man, som talade malmöitiska.

"Håret e ingenting.", tillade han, och stirrade gåtfullt på Bastionspetz, som satt där i sin polismundering på en metallstol och höll Adas hand. Ändå var det bevisligen utryckt med rötterna.

Edward stegade nu, i det han välte omkull en liten golvstående Aspidistra som han hade haft stående i hallöppningen, mot dörren mot trapphuset. Han hörde hur Melbourne långsamt klev upp för trapporna. Varför han inte tog hissen visste inte Edward. Edward väntade och blängde inåt mot blomman. Så nådde Melbourne Edwards våning. Besökaren var denna dag nykter. Han hade en buktig portfölj i handen och var klädd i en lång, grön trenchcoat och smalbrättad jägarhatt.

Väl insläppt hos Edward blev han presenterad för Carsten och Benno. Stolar drogs fram och snart satt de tre gästerna i en oregelbunden fyrkant på dessa, medan Edward ordnade med mer kaffekoppar. Melbourne hade ett stramt uttryck kring munnen. Han var nyrakad, något rosa i hyn och behöll hela tiden jägarhatten på. Det visade sig att Melbourne i portföljen hade haft med sig *Maryland Cookies*. Två paket. Edward hade tänt smålampor här och där i lägenheten, ty det var grått ute, och novembermörkret var lite pressande.

"Ja, mord ja.", sa Edward och serverade Nordströms kaffe. Melbourne hade nämligen reda på att det skett ett mord på Abrovinschgatan.

Benno, som hade tagit plats i soffan bredvid Castor, gav sin syn på saken:

"Man mördar ju någon i tvättstugan för att det går fort att dra därifrån?"

Ingen kommenterade detta, då det helt klart tycktes som om Melbourne förberedde ett anförande. Över huvudtaget hade denne, sedan steg in betett sig som om han hade något att berätta. Något nytt och viktigt. Det var bara det att Edward inte ville pusha, och de andra två var ganska villrådiga, men alla hade säkert märkt denna extrema *turgor*, denna sinnets spänst, hos Melbourne. Denne var visserligen en helt okänd människa för Benno men inte för Castor, som ju sett Melbourne döfull. Detta stod livligt i Castors minne. Ty Melbourne hade ju inte bara varit lite full, men plakat. Men nu var han inte det.

"Jo.", sa Melbourne", jag var ju här igår."

Edward tänkte på, att Melbourne inte brukade komma med tomt prat. Melbourne var en kvalificerad människa. Han skulle definitivt inte göra stora föranstaltningar och så till sist komma med något helt oviktigt, som en gissning, en reflexion eller något ditåt. Melbourne var något så sällsynt som en handlingens man.

"Jag blev vittne till något egendomligt igår."

Edward, Castor och Benno hoppade alla till. Castor kunde inte hålla sig, utan skrek:

"Såg du vad som hände??"

Edward kunde inte tro, att Melbourne hade sett vad som hänt. I så fall skulle han ju omedelbart ha vänt nere i trapphuset och kommit upp till Edwards lägenhet igen, tänkte han.

"Jag tror jag vet vem som är mördaren."

"Ååh.", sa Benno, vars ansikte lyste av förväntan.

"Sluta nu!", sa Edward, "Håll oss inte på halster här! Berätta!"

"Jag tar det från början. Allt måste förstås i sitt sammanhang. Jag tror att jag minns helt klart, trots att jag inte var helt nykter vid observationen.", insisterade den belevade docenten, vars förnamn av oklara orsaker samtidigt var synonymt med namnet på en stad i Australien, där han aldrig hade varit.

De tre lyssnarna lyckades alla bekämpa sin vrede.

"Jag hade sovit en stund, efter att ha tagit en dusch här i badrummet igår. Och då när jag vaknade upp, var jag definitivt mindre redlös. Eftersom jag ändå inte mådde bra, och negativiteten över att stört dig, Edward, var så stark, så beslöt jag att fly hemåt. Jag rafsade ihop mina byxor och skjorta, klädde mig, kollade plånbok, nycklar och mobil och gav mig utan vidare av. Jag öppnade dörren till farstun, ty jag ville se om det var nån där. Helst ville jag nämligen smyga mig iväg osedd. Jag såg ingen, och så klev jag ut, och stängde sedan försiktigt igen din ytterdörr, Edward, så att den gick i lås."

Alla tre lyssnade spänt. Melbourne satt på framkanten av en smutsgul fåtölj som bara var aningen större än en klubbfåtölj, gestikulerande med händerna.

"Jag hade bara kommit en halvvåning ner, när jag mötte, eller, rättare sagt, hann ikapp, två personer som förflyttade en stor låda nerför trapporna. Dom hade strax innan stannat till, antagligen för att jag inte skulle höra dem, när som hörde att jag lämnade din lägenhet. Och för att byta grepp om lådan. Men nu stod dom där i trappan och hade besvär med just den. Jag steg då ner ytterligare ett par trappsteg. Det var inte så lätt, för jag var ännu omtöcknad efter duschen. Då, när jag skulle passerade de två, som stod och såg obesvärade ut, och samtidigt besvärade - på det där viset som folk gör, när de bara önskar att man skall försvinna - så hörde jag ett grymtande ljud ifrån lådan!"

Melbourne gjorde en konstpaus.

"Jag stod blickstill några decimeter ifrån denna, som var övertäckt med ett rött skynke. Sen frågade jag: "Vad var det?", och de två, en mörkhyad flicka och blek, stor, stark karl med stor haka och litet skägg, som såg ut som han kom från Balkan, sa att det angick inte mig. "Inte det?", sa jag, och placerade mig just som den som inte tänker lämna platsen förrän frågan är utredd. Då sa flickan, att det var en hund. Och jag svarade, att det ju var konstigt att det var så mycket hemlighetsmakerier, skynken och allt, för en hund. Jag kände mig som genom ett under plötsligt spik nykter. Flickan, som såg öppen och intelligent ut, suckade och sa: "Jaja.... Det är en apa. Vill du titta? Helt kort. Men sen får du lova och gå.", som om det gällde att titta på hennes bröst. "Vi har mycket att göra.", tillade hon. "Och vi får ju egentligen inte ha nån apa här.""

"En *APA*!", ropade Edward, Benno och Castor i kör.

"Ja. Och jag fick se den! Den var rödaktig och hade gigantiska tänder, var väldigt hårig, en ovanligt lång nos, samt såg fruktansvärt rädd ut. Så rädd var den, att den tydligen inte vågade ge ifrån sig mycket till läten. Dess blålila läppar darrade och den fumlade med händerna. Och jag tänkte: Herre Gud, jag får ringa till Djurskydds-föreningen! Men det sa jag inte, men menade bara lite svävande att apan inte såg särskilt lycklig ut. "Nä, det är den inte heller. Den skall till doktorn. För den har ont i en tand.", sa flickan. "Det är därför vi bär ut den." Killen sa ingenting, men såg bara argt på mig. För det var hon som bestämde. Helt klart. Då jag inte kunde komma på mer att säga, så nickade jag bara och så gick jag snabbt ner för trapporna. Men väl nere, så dröjde jag kvar, nyfiken. Jag tänkte låtsas knyta skorna. Så satte jag mig i trappan ut mot den yttre porten och knöt omsorgsfullt båda skorna, för att finna ut, om dom lyckades få ner apan för trapporna. Och jag funderade på vart dom skulle ta den sen. Hade dom en bil utanför? Jag gick mellan den ena skon och den andra och kikade. Nej, ingen bil. Vad i hela friden var det som pågick? Nå, de fick ner apan till bottenvåningen, men de gick åt baksidan till med apan, och såg inte mig, där jag befann mig i den främre vestibulen, där jag alltså satt med mina skor. Skosnörena gick då faktiskt sönder, vilket inte var planerat, och jag fick använda nästan hela min fantasi för att knyta ihop dem till användbara skosnören."

"Men herregud, mordet då!!??", skrek Edward. "Mordet!" Edward kunde inte avgöra om Melbourne var allvarlig, eller om denne drev med sina åhörare. Melbourne hade en gång författat ett studentspex. Det visste Edward. Och det var han för övrigt kollossalt imponerad av. Mer än av Melbournes doktorsgrad.

"Jag kommer dit. Så småningom. Ingen brådska."

Melbourne var också känd för alla sin tvångsbeteenden, och ett av dem var just det, att aldrig skynda och hoppa över saker.

"Man tog sig ner i baktrappan, men då hördes ett oväsen, sen en smäll och man tycktes tappa lådan. Sen utbröt ett väldigt spring." Melbourne hostade till. "Men nu måste jag gå tillbaka lite i historien."

"Tillbaka?", utropade Edward.

Castor, som var estetiskt lagd, sa då:

"Du borde få Nobelpriset. Detta är spännande."

"Det är ju inte klokt.", sa Benno meningslöst.

"Jo, för när jag gick ner för trappan, så, ju längre ner jag kom, desto starkare hörde jag musik. Jag visste inte varifrån den kom. Men när jag nådde bottenvåningen, så förstod jag att den kom från källaren. Det var jazzmusik,

20-tal, sån där Hill Billy eller Jitterbug eller Quickstep, trumpet och orkester, med tuba. Nå, efter man hade tappat lådan, så verkade det som så att apan kom lös, och då skriker killen: "Jag öppnar tvättstugudörrn, så springer han ner där! Släng hit nyckeln." Hon, flickan, gjorde antagligen det. Musiken hördes då ännu tydligare. Jag såg alltså ingenting, men på nåt sätt så fick dom ner apan i källaren. Då stoppade musiken. Då hörde jag sen mer skrik, smällar, rop, musik igen, en rå trumpet, som plötsligt slutade och sen blev allt dödstyst. Sen hörde jag ytterligare ett skrik. En man var det nu, som skrek:" NEEEEJ!". Sen blev det tyst. Sen startade en lång diskussion därnere. Röster. Sen kom nån och stängde dörren till källaren, och efter en liten stund så kom det en man, som jag förut aldrig sett, som öppnade dörren från källarvåningen och sprang upp, förbi mig, ty jag hade rest på mig och gått en bit in i vestibulen och stod nu vid hissen, och undrade vad jag skulle göra, och mannen, som var en yngling, som såg ut som en student, skrek åt mig: "Ååååh!" och sen rusade han uppför trapporna ett par våningar och drämde igen en lägenhetsdörr efter sig där uppe. Ja, sen tänkte jag, att jag inte vågade stanna. Jag förstod inte vad som hänt. Men jag blev plötsligt så rädd, att jag nästan kissade på mig. Och upp till din lägenhet, Edward, kunde jag inte gå, för jag hade ju ingen nyckel, och jag vacklade ut och sprang iväg längs gatan och förvirrad tog jag en buss hem till Linnégatan. Sen först idag, så hörde jag på radion, som jag hade satt på omedelbart när jag kom hem, att det varit ett mord här."

Edward, Benno och Castor satt uppmärksamma och radierande likt tända ljus och var tysta som möss. De kände sig som slagna till slant. Det hela var alldeles otroligt. Docenten, som så öppenhjärtigt avslöjat att han varit nära att pissa på sig, reste sig nu myndigt och sträckte sig i hela sin längd och hostade igen, och sen sade han, i det han försiktigt åter satte sig, och läppjade på kaffet, i vilket han lagt lite socker:

"Men detta är givetvis bara början!".

KAPITEL TJUGOSEX.

Didier verkade, när Tilger givit sig av, ha lugnat ner sig betydligt och satt och såg på tv tillsammans med Gummimannen. De såg på ett avsnitt *av Mord och inga visor* med Jessica Fletcher, på 4:an, och häpnade över intrigen. Avsnittet var rentav så hemtrevligt att inte bara Didier och Gummimannen, men även den bleke schackspelaren samt hans adept, den feta flickan med den genomskinliga blicken, log och vissa av dem nickade åt varann. Och ju mer Didier såg av denna uppsluppna tv-fars, desto gladare blev han, ty han fann på något sätt mod att se på allvarliga brott med ett visst nöje, och han översatte hela stämningen till sin egen situation, och då tycktes inte framtiden längre så mörk. "Man måste chansa. Det var det hela.", tänkte Didier, och i detsamma släppte all ångest. Kanske var det inte bara tv-serien, som var orsaken till detta, men även att det nu gått en viss tid sedan den traumatiska upplevelsen i källaren. Ja, närmare bestämt ett helt dygn, ty klockan hade passerat 15.00, det klockslag då, dagen innan, Grit Pinnolte förlorat livet, genom så sällsynta omständigheter. Didier kollade nu sin mobiltelefon.

Plötsligt reste sig Didier, och med bestämda steg gick han in till syster Ingrid och meddelade att han nu kände sig fullständigt frisk och ville bli utskriven.

"Då får du tala med doktorn.", sa syster Ingrid, i det hon förberedde några sprutor med långverkande innehåll, sprutor som hon lade på rad i en skål, försiktigt och med rutin ovan på en liten handduk, eller servett, i den njurformade skålen.

"Exakt.", sa Didier, "och när blir det då?"

"Jag skall se om doktorn är kvar. Nu är ju klockan snart fyra, så det är …."

"Men herregud, se till att skaffa fram en doktor för sjutton, det kan väl inte vara så svårt!", röt Didier till. Varför han blev så ilsk begrep han inte själv.

"Nu lugnar vi ner oss.", sa Ingrid med stram ton, van att efter att arbetat med psykiatriska fall i väl 20 år, effektivt och med omsorg trycka ner patienter,

"Vi skall se", sa hon, när hon konstaterat sitt övertag," jag tror Ariana har gått för dagen, men eventuellt, kanske. Det kanske finns någon annan doktor."

När Ingrid talade om Ariana, så var det med tonfallet hos en religiös, som nämner Gud vid namn. Didier himlade med ögonen och sa, att om hon inte skaffade fram en doktor, så skulle han ringa polisen.

"Jaja, han kan givetvis gå hem. [Hon menade honom.]. Han är ju inte intagen på intyg, så ... du kan gå, men då får du inga mediciner med dig hem!", sa sköterskan då, som kunde reglementet, vilket nog var en viktig detalj här, och fattades bara annat.

"Inte behöver jag några mediciner! Så jag kan bara gå då? Åka hem?"

"Jadå. Men vi ser ju helst att du talar med en läkare, Både för din och vår skulle. Det kan ju vara bra att stämma av och utvärdera och diskutera vad som har hänt. Man lär sig ju av allt här i världen... Om du skulle må sämre... får du gå genom akuten, förstår du. Du kan inte bara..."

"Jag tror jag lämnade min plånbok här i ett skåp. Om jag kan få den, så åker jag sen... Eller går. Jag tror jag skall promenera hela vägen hem." sa Didier skarpt och som om han riktigt ville vara det.

Ingrid rotade fram en nyckel på sin nyckelknippa och öppnade ett skåp. När Didier väl fått sin plånbok och nycklar, så sa han tack och gick sedan och hämtade sin rock inne på salen. I dagrummet sneglade man efter honom. Gummimannen vinkade hjärtligt. Didier vinkade tillbaka.

Han gick sen till sköterskan ännu en gång, och sa, nu med vänlig röst:

"Tack då! Tack i alla fall. Ber om ursäkt att jag var otrevlig. Det har var...."

"Ingen orsak. Här har vi alla de sorter. Det var trevligt att träffas!", sa syster Ingrid.

Didier skyndade då utan vidare iväg, muttrande svordomar. "Alla de sorter." Jojo. Henne skulle man göra pyttipanna av, den genomfalska människan. ("Det var trevligt att träffas.", jodå, visst, visst.). Och han svor ända ut på gatan, där han, något förvånad, stående i småregnet i den begynnande skymningen, ringde *Taxi Göteborg* efter en bil, som kunde ta en körning till Johanneberg.

KAPITELTJUGOSJU.

”Jo.”, återtog Melbourne, utan att vänta på att de tre åhörarna skulle hämta sig, eller kommentera. Edward svettades ordentligt.

”När jag kom hem,” fortsatte den gåtfulle,” var jag givetvis upprörd och tänkte inte annat, än att jag skulle ringa polisen. Men så gick det upp för mig, att detta inte var ett mord. Någon hade slarvat. Och då var det en helt annan sak. Här gick nu tiden, och det visade sig, att polisen inte hade en aning om vad som hänt. Jag misstänkte att apägarna hade bönat och bett, eller hotat, eller mutat den där unge mannen. De hade sagt till denne, att om han bara spelade galen ett par dagar, så skulle de få undan apan och allt skulle lösa sig för dem, och han skulle få en bra slant ... eller slippa bli halshuggen i en mörk gränd. Och då tänkte jag, att här fanns ju alltså en till som gärna vill ha en slant, men som inte alls ville riskera att bli halshuggen. Då tänkte jag, att om jag nu berättar för några jag känner, för er alltså, att jag vet vad jag vet, och berättar det för apägaren, så bör jag själv riskfritt kunna tjäna en peng. Ty det var ju en sak till. Jag tyckte tjejen såg ganska tät ut, googlade och fann att hennes pappa är en av Lagos rikaste män. Och det vill inte säga lite.”

”Utpressning?”, undrade Edward tvivlande.

”Varför inte? Nåt´ straff skall hon ha, eller hur?”, menade Melbourne och tryckte ned sin hatt ytterligare något på huvudet.

”Men då skulle vi, som vittnen, ta risken, och du skulle ta hand om pengarna?”, undrade Benno.

”Givetvis inte.”, sa Melbourne, ”vi delar lika, allihop! Alla fyra.”

"En av Lagos´ rikaste män?", sa Castor.

"Yes.", och Edward såg hur Melbourne såg miljontals kronor för sin inre blick.

"Rikaste, och kanske farligaste, eller? Vad kan han ha blivit rik på, då?"

"Ingen aning. Men är han rik, så har han råd.", menade Melbourne, som tydligen supit och/eller filosoferat bort all moral.

"Så vad menar du, att vi skulle göra?", undrade Edward.

"Vi knackar på och säger, att vi vet allt. Men vi försäkrar, att vi håller tyst, bara vi får fyra miljoner. Vi kommer aldrig att säga ett enda ord om apan, bara vi får fyra miljoner nästa vecka."

De tre satt nu tysta som möss och tänkte. Och tänkte.

Utanför var det höstrusk och mot fönsterrutorna i rummet och i det lilla köket smattrade då och då en regnskur.

"Nu e de ju så, att vi alla inte är unga längre, men passerat de femtio,", menade Melbourne, och talade på detta sätt för sin vara, "...och man kan knappast ha roligt när man e´ över femtio, om man inte har några pengar. Mycket pengar. Och jag tror inte, att någon av oss har några pengar. Alltså är detta den stora chansen. Om vi inte tar den, ja, då kan vi lika gärna .....", Och här drog Melbourne kvickt med fingret under hakan.

Edwards ansikte antog en gulgrön färg.

"Okey", sa Edward, som ju var långt, långt över femtio, "Jag går in till dom då och antyder. Jag ANTYDER! Jag säger bara till henne helt enkelt att: "VI VET". Och så är det sen upp till henne. Jag går inte in och ställer krav alltså..." Men Edwards kinder glödde. Han förstod inte själv vad som hände. Vad höll han på att göra? Var det något virus? Kanske var han sjuk? Var det planeterna? Var det vädret? Hade han ätit något konstigt?

Benno, Castor och Melbourne sköt en kvart senare ut Edward genom ytterdörren Benno ringde med darrande hand på hos Blessing, medan Castor nästan höll Edward i armen. Sen smet alla de tre nyfunna vännerna in till

Edwards, men lämnade denne vid Blessings dörr, - att kasta ut nätet.

KAPITEL TJUGOÅTTA.

Blessing öppnade dörren medan den bleke och spände Bogdan, i vars ansikte det ryckte då och då, avvaktade vid den öppna spisen.

"Edward??", ropade hon till.

Bogdan dök upp bakom henne. Han såg villrådig och arg ut.

"Vad är det?", undrade denne, medan han kliade sig i skrevet.

"Kan jag få komma in en minut. Det är viktigt."

"Det är förmodligen om mordet.", sa Blessing inåt Bogdans håll.

Edward släpptes in och blev omedelbart tjusad av inredningen, i vilken en välklädd apa inte skulle vara malplacerad.

"Jaha." sa Blessing. "Vi bara sitter här inne och tänker på mordet hela tiden. Gräsliga saker, eller hur?"

Blessing log. Hennes mun var målad illröd, och den var stor och mycket rörlig.

"Nu är det så, att jag vet vad som hände. Att det är ert djur som har gjort det.", sa Edward, stående på zebramattan.

Bogdan, som hade stått och viftat med en liten svart snidad statyett av ebenholts, som stått på den öppna spisen, tappade det lilla föremålet i den blanka, nyslipade parketten, där det studsade två gånger för att sedan bli liggande.

"Hur kan du veta det?", undrade Blessing, som inte visste vilket tonfall hon skulle anlägga.

"Jag har fått underrättelser av mannen som passerade er i trappan på vägen ner, och som hälsade på ... djuret."

Bogdan tog ett steg framåt mot Edward.

"Är han här?", undrade han skrovligt och hetsigt.

"Nänä,", sa Edward hastigt, men hans blick flög i det-
samma ut mot hallen, utan att han tänkte på det, ville
det eller kunde hindra det. Det var det omedvetnas verk,
denna blick. Vi är alla underställde det Omedvetna, med
dess censur, des infall och dess förslagenhet, som i många
hänseenden gränsar till omnipotens.

"Hämta in honom!", sa Blessing enkelt och nickade åt
sin pojkvän.

Bogdan gick och knackade på hos Edward, medan Ed-
ward själv av den unga mörkhyade ombads att sätta sig i
Blessings skinnsoffa.

Efter några minuter var då således samlade i hennes
lägenhet Edward, Melbourne, Benno, Castor och Bogdan,
förutom Blessing själv.

Edward och hans musketörer föreföll mycket ängsliga,
men ansträngde sig samtliga – liksom etappvis - att söka
ge sken av att vara tuffa utpressare. Benno och Castor
var djupröda i ansiktet. Melbourne var samlad.

"Kan vi få se djuret?", undrade Edward, som efter att
ha konsulterat Melbourne, fortsatte att föra ordet.

"Absolut.", sa Blessing, "Men det är faktiskt inte myck-
et att se. En ovanligt snäll apa bara. Den har så att säga
gått i släkten. Den e´ rätt gammal också. Här inne är
den!"

Hon öppnade dörren till sovrummet, där, på sängen
invid en stor sänglampa med vit ryschad skärm, stod den
stora gröna slädhundsburen, och inne i densamma satt
apan och såg frågande ut, tuggande på en bit torkad älg.

I detta ögonblick ringde Blessings telefon, som hon
hade i en liten skjortficka, placerad i den smalaste midje-
trakten. Hon svarade och såg ytterst bekymrad ut.

"Jaha, *yes, I see...... I dont think so. ....We cannot
leave now. Bye.*"

Hon stängde telefonen med ett klick.

"Nu är det nog kört.", sa Blessing. "Det var min bror.
Han sitter i en bil utanför. Och en hög med poliser därute
gör sig redo att storma. Ett helt SWAT-team. Så det är
väl bara att ge upp..."

Här – i nödens stund, och när undergången tycktes
nära - yttrade sig Melbourne, till Blessings och Bogdans

stora förvåning. Han drog i hattbrättet och sin näsa, och fick ett än mer energiskt drag kring munnen:

"Låt oss springa upp på taket! Därifrån kan ni nå nästa uppgång och så ut i bilen, där han som ringde sitter, och så drar vi!"

Blessing och Bogdan såg på varann. Detta måtte Melbourne tänkt på långt innan.

"Varför alls försöka fly?.", sa Blessing och såg sig omkring i lägenheten.

"Vi är bara några idioter.", menade Edward då. "Det är bara att ge upp. Det hela är förlorat."

"Följ mig! Nonsens! Följ efter mig! Det hela var en olycka. Ingen här är nån mördare.", sa Melbourne, som rest sig upp och började gå mot hallen, vinkandes med hela vänsterarmen, som om han skulle flytta på en fårskock.

"Apan då?", skrek Blessing.

"Den tar Edward hand om.", sa Melbourne. "I sin lägenhet, förstår du." Här blinkade Melbourne åt Edward, som tappat hakan.

Blessing och Bogdan följde, efter att ha utbytt blickar. Melbourne tecknade åt de tre andra gubbarna att stanna kvar.

"Ge mig dina nycklar!", fräste han till Edward. Edward gav nycklarna till Melbourne.

Så lämnade Melbourne, Blessing och Bogdan lägenheten. Melbourne låste i förbifarten upp Edwards lägenhet och ställde upp låset, tryckte sen upp hissen, steg tillsammans med Blessing och pojkvän in i densamma och åkte upp till översta våningen. Där gick man ut, upp till vindsvåningen, där Melbourne låste upp till piskbalkongen. Man gick in där, flyttade på en del fåtöljer och skräp och tog sig fram till stegen till takluckan. Upp dit steg nu Blessing, Bogdan och Melbourne och var snart uppe på taket i det fria. Vinden spelade i deras hår och tog tag i kavajerna. En vid utsikt, ett panorama över Göteborg öppnade sig. Man kunde se ända ut till Vinga, om det än var skymning nu. Blessing slog en signal på mobilen till sin äldre bror, och under det Melbourne pekade åt norra änden av huset, så dirigerade Blessing i mobilen sin bror att vänta vid norra delen av huset, på baksidan mot Pontoppidans Gata.

"Försiktigt nu.", instruerade Melbourne. "Gå mitt på taket. Det är halt, för det är blött. Vi ska inte trilla ner nu."

Han var helt enkeltden borne ledaren.

På det fuktiga taket tog man sig nu fram, meter efter meter, norröver, hållande i varandra likt alpinister, och passerade in över nya tak, med annan färg och lutning och, åter och åter uppmanandes varandra till försiktighet, kom man sedan fram till den sista piskbalkongen, norröver, där man snabbt klättrade ner, kom till trapphuset, som där var illgult, rusade ner för alla trapporna, ut bakvägen och sen in i Lalondes *Volvo*, som stod där och surrade, pålitligt som i en reklamfilm.

Även Melbourne hoppade in.

"Kör!", sa denne.

"Vart t´ då?", sa den häpne Lalonde, vars kolsvarta ansikte glänste av svett, och som kunde svenska som systern, men med en viss brytning.

"Linnégatan 145. Jag bor där."

"Jaha. Som du säger!", skrattade då Lalonde konstlat och panikslagen, men gjorde som Melbourne sa och slog på GPSen. När allt kom omkring, så var det Melbournes plan alltihop. Man får inte var *prestigious*, tänkte Lalonde. Eller dum. Om polisen är efter en med sin insatsstyrka, så frågar man inte två gånger. Efter en liten stund var man i Linnéstaden, och de tre rymlingarna hoppade ur och Lalonde körde för att göra sig av med bilen.

Under tiden stormade nu – under ledning av Underkant - hela *SWAT*-styrkan in i Blessings lägenhet, efter att ha slagit upp dörren med en gigantisk timmeryxa. De fann då bara en vad gällde liv helt tom lägenhet. Inte minsta varelse.

Man lade sina automatvapen på zebramattan och i skinnsoffan, pustade och torkade svetten ur pannan. Ingen av dem noterade att det hängde leende människohuvuden på långväggen.

KAPITEL TJUGONIO.

"Varför gör vi detta? Är vi psykotiska eller vad är det med oss?", undrade Edward, när de nu satt inne i Edwards lägenhet och matade apan med diverse gamla chips, som Edward funnit överst i skafferiet. Han tycktes klart lättad över att Melbourne hade gett sig av. Vissa människor är verklig en påfrestning, och somliga kan till och med liknas vid sjukdomar.

"Det är nog apan.", sa Benno skämtsamt, och med andan fortfarande i halsen. "Djur har en förunderlig inverkan. Varför vet man inte."

"Jag förstår inte. Varför gör vi detta?", sa Edward igen.

"Det är väl enkelt.", sa Benno då." Vi menar att det var en olycka, och att rättsväsendet inte är kapabelt till att ta itu med sådana saker."

"Det är klart att det kan. Vi är bara löjliga. Troligen för att flickan är så ... har ett så enastående utseende."

"Vi kommer att hamna i fängelse. Helt klart.", sa Castor. "Men roligt var det. Så länge det varade."

Så originell han är, tänkte Edward och kände en tyngd över pannan.

"Nu kan inte ens Stålmannen rädda oss.", sa Castor då. Edward studsade till.

Nu hörde de hur alla poliserna gick ner för trapporna, skramlandes med sina vapen och klampandes med sina stålhättsförsedda pjäxor. Släpandes den jättelika storyxan i sitt kamelhårsfodral. Sedan blev det tyst i huset.

"Låt oss sätta oss in i polisens tankegång.", sa Edward.

"Exakt.", menade Benno, "nu söker man efter Blessing. Den stora frågan är om man söker en apa, eller inte söker en apa!"

"Just.", sa Edward.

Man tog sig en funderare på detta.

Efter att flera gånger ha försökt hälsa närmre på apan, som drog sig undan när man försökte röra vid dess röda päls, så sa Edward:

"Jag går ner till mangelrummet och frågar om man har sett djuret."

"Ja, djuret.", log Benno. "Ha!"

"Har man alls reda på någon apa, det vet vi inte.", sa Edward.

Benno och Castor bytte blickar och nickade.

Så begav sig den gamle målaren ner till mangelrummet, där Underkant och Arundel satt och pratade med Tilger Berg, som nu äntligen anslutit.

"Hej! Jag undrar om ni har sett djuret?", undrade Edward, som släntrat nerför trapporna som till en pratstund med kompisar.

Polismännen torkade svetten ur pannorna och såg på varann. De hade just vinkat av insatsstyrkan, som hade skällt ut dem.

"Vilket djur?"

"Asch, det var inget. Min syster skulle komma hit, för att jag skulle passa hennes katt. Och så rymde den.", sa Edward enkelt.

"Vi har inte sett nåt djur. Eller nån syster.", sa Underkant, och då nickade Edward, men frågade om de funnit mördaren. Tilger nonchalerade helt Edward och var istället fokuserad på att få rätt på Blessing. "Hon har stuckit. Hon är efterlyst. Hon har ingen chans.", sa Tilger då och petade disträ på en blodfläck på golvet. Att den var Adas visste han inte.

"Det är Ada, sa Arundel.

Edward struntade i poliserna och återvände snabbt till sin lägenhet, där Castor, Benno men inte apan nu var intresserade av vad han hade att säga.

"Allt är grönt.", sa Edward, "Dom har inte nån aning om att det finns nån apa inblandad alls!"

Här utbröt nu en dans i det lilla rummet. Apan stirrade med lugn på gubbarna och gned sitt röda huvud med fjärrkontrollen till tv:n, som den fått tag på. Härvid råkade den sätta på den stora tv:n, *Samsungen*, Edwards enda riktiga lyx, som nu visade kvällsnyheterna.

"Någon ledtråd till att komma förövaren eller förövarna till mordet på en 65-årig dam söder om centrum på spåren, har ännu inte kunnat hittas." Uppläsaren tittade åter i sina papper. "Ja, man har alltså inte kommit den eller de på spåren.", tillade han. Misslynt över den grammattiska katastrofen hoppade han sedan snabbt över till nästa ämne, som var vädret.

KAPITEL TRETTIO.

Melbournes lägenhet i Linnéstaden var ett underverk i flera avseenden, och en charmbit. För det första var dess storlek gigantisk. 220 kvadrat och högst upp i ett stiligt hus, byggt år 1900. Våningen bestod av sex rum, med stuckaturer i taken, och liten kammare därtill, och den löpte i en halvcirkel runt en trång gård. Den hade två ingångar, en från Linnégatan och en från gården. Vid huvudentrén satt en blå ciselerad skylt som förkunnade: "Bettlare göre sig icke besvär!" Denna skylt hade suttit där sedan huset byggdas, på 1800-talet, så det var inget som hade att göra med Moderaterna eller Sverigedemokraterna. I våningen fanns två toaletter, serveringsgång med luckor att fälla ut för festserviserna, samt en hel spegelvägg i matsalen, där ett helt middagssällskap kunde skåla med sig självt. Skafferiet i köket var enormt, och där kunde man gå omkring inne i svalkan om somrarna och beskåda potatislåren samt eventuella vinpavor.

Man hade slagit sig ner i den större salongen, i vilken det huserade en stor blankskinande, svart flygel av märket Bechstein, en stor soffgrupp, diverse bokhyllor och bord, samt en biljard.

"Här var det flott.", sa Bogdan som i en alldeles ny uppsluppenhet tagit en kö, och med den stack han lite retsamt i sidan på Blessing, som nu inte kunde låta bli att skratta.

"Haha. Jag har då aldrig varit med om maken!"

Även Melbourne skrattade, fortfarande klädd i sin jägarhatt, trots att hans sinne för humor inte var av det generösa slaget, men mer bitsk.

Nu ringde det på portklockan i hallen och snart kom även Lalonde in i lägenheten, och denne skrattade också, men åt Melbourne, som med detsamma kom med ett glas sherry åt honom. Lalonde placerade sig sedan lika snabbt en stund vid fönstret mot Linnégatan och talade i telefon. Samtalet fördes på engelska och var ganska så högljutt.

"Jag har aldrig varit med om nåt så otroligt som den flykten!", upprepade Bogdan under tiden Lalonde pratade.

"Inte jag heller.", sa värden. "Jag trodde inte detta skulle gå. Det var bara ett infall."

"Vem är du egentligen?", undrade Bogdan. "Vad gör du i vanliga fall?", utan att egentligen vara beredd på ett svar. Han trodde att Melbourne var en slags dagdrivare, som Edward. Det unga paret kände sig förmodligen som pånyttfött nu, när de blivit av med den förfärliga familjeapan. Efter att ha slagit några bollar på den gröna filten lämnade Bogdan sin kö och biljarden och satte sig i soffan, som var av äldre snitt. Över den hängde en tavla som förställde ett skeppsbrott vid Dover. Blessing hade gått runt och beundrat konsten på väggarna och anslöt sig nu till männen, som allihop drack sherry och skrattade nervöst.

"Jag talade med min far, John-Patrik, nyss. I Lagos.", sa Lalonde. "Han försäkrar att du inte skall gå fattig ur detta. Inte alls! Jag berättade allt."

"Asch.", sa Melbourne, nästan förläget, troligen inför Lalondes ungdomlighet och förortsframfusighet, "Jag gjorde det mest för att rädda apan. När allt blåst över, så kan vi ju hämta apan också. Edward kommer att ta hand om den som om den vore ett barn. Jag menar: hade polisen fått ta hand om det hela, så hade apan snart varit stendöd. Och det var ju inte apans fel, något av detta. Den blev ju bara rädd. Den apan är inte ett dugg farlig. Och apor kan inte ha fel."

Blessing skrattade.

"Du vet inte hur rätt du har. Den är skitsnäll. Precis som du! Men när vi gick över taken alltså. Jag ba´ ..." (Här lyfte Blessing benen, som om hon skulle kliva över en gärdsgård. Hon spelade liten flicka, men de mörka ögonen i var kalla. Läpparna lyste röda.)

Man skrattade och Melbourne fick hämta ännu fler flaskor ifrån det stora skafferiet, som till hälften upptogs av hyllor med diverse starkvin och aperitifer. Andra hälften var mer eller mindre tom.

"Jag har fler exklusiviteter på rack på vinden.", sa han. "Vindarna här är gigantiska. Där uppe kan man träna jaktfalkar ser du!"

"Suveränt hus.", sa Bogdan, som fick tala för allihop, ty varken Blessing eller Lalonde tycktes vara riktigt andligt närvarande. Här satte sig Melbourne nu vid sin Bechstein och började sjunga och spela Elton John´s *Bennie and the Jets*, så att det ekade i fastigheten, vilken dock var ägd av rika människor, diplomater och människor på chefsposter inom förvaltningar, som förstod sig på livets goda, och inte skulle komma på tanken att klaga över när folk unnade sig att ha roligt. Förutsatt att det var folk i deras eget stånd alltså. Folk med pengar.

Det ringde nu i Blessings telefon. Hon svarade, medan Melbourne, i alla fall ganska humoristiskt, blängde på henne. Så slutade han spela och frågade vem det var som ringde.

"Ah.", sade Blessing, som avslutade samtalet, "det var Didier. Han var hemma igen, och undrade när han skulle få sina pengar..."

Hon skrattade avmätt och tillgjort.

"Som jag tänkte", sa Melbourne, som reste sig från flygeln och slog igen locket. "Hur mycket erbjöd ni honom?"

"Erbjöd och erbjöd... En viss summa. Det är ju ynkligt med folk som ska ha pengar för allting.", sa Blessing och log. Hon hade stora, kritvita tänder och ett leende som sträckte sig upp till hårfästet.

"Det är jävligt.", sa Bogdan.

"Ha.", sa Melbourne, övertydligt härmande ett skratt.

Han slog sig ner i en fåtölj, och de hade nu allihop lugnat ner sig. Men Bogdan ville nu plötsligt på allvar ha reda på mer om Melbourne, som över huvud taget inte talat om sig själv. Melbourne visste fortfarande inte om Bogdan alls var någon att räkna med, om han alls tänkte självständigt, eller vem han var, men han tänkte att det med tiden skulle visa sig.

"Vad gör du för nåt annars?", upprepade Bogdan, som nu otidsenligt halade fram en *Bellman Siesta* och tände den med en tändsticka. Bogdan, vars ansikte var kritvitt, var sannerligen en anonym person. När man känt honom ett slag så undrade man när han skulle framträda med någon egenskap.

"Jag är lärare.", sa Melbourne. "Jag är docent på universitetet."

"I vaddå?"

"I filosofi.", sa Melbourne. "Och dubbeldoktor. Alla filosofer är anarkister. Så har det varit ända sen Sokrates´ tid."

"Vad är en dubbeldoktor?", frågade Blessing.

"Det är en person som har skrivit två doktoravhandlingar.", sa Melbourne.

"Hur kan man skriva två?", undrade hon.

"Å det finns många sätt. Vi har egentligen inte tid med det nu.", sa Melbourne.

"Intressant.", sa Bogdan, närmast hotfullt, fimpade cigarrcigaretten och anslöt till Lalonde vid fönstret, med vilken han invecklade sig i ett tyst samtal.

Utanför på gatan skramlade en spårvagn på sin väg upp mot Slottskogen.

KAPITEL TRETTIOETT.

Tilger Berg hade framåt natten i det improviserade poliskontoret i mangelrummet satt igång med att försöka torka upp allt blodet från Adas hemska olycka. Ståendes på händer och knän skurade han nu golv och möbler, och han hade skickat ut de övriga i teamet, vilka mangrant hade begett sig till en pizzeria i närheten för att få sig lite mat, till tröst. Man tänker ju också bra medan man utför sådana sysslor som skurning. Plötsligt, mitt i ett skurtag, slog det honom, att han på sätt och vis hade avslutat sin kontakt med den psykiatriska avdelningen, men han hade inte gjort upp med dem, att de skulle kontakta honom om Didier. När han lämnat avdelningen hade detta måhända gett sken av, att polisen inte längre var intresserad av Didier, och att, om Didier släpptes därifrån, så skulle kanske därför ingen ringa upp varken honom eller någon annan inom polisen. Och så var det inte meningen, att man skulle ha det. Den där Ariana, var fanns hon? Doktorn? Hon var dessutom en ganska förnuftig doktor.

När Tilger var klar med arbetet, som han i viss mån övervunnit sig själv genom att utföra – han tyckte inte om blod – så beredda han sig att ringa sjukhuset, men då erinrade han sig plötsligt även den söta praktikanten. Vad var det hon hette? Jo, javisst, Susanne var det. Kanske en signal till denna? Nej, nej, tänkte han sen. Lisa är det ju. Lisa är det ju som du skall tänka på.

Hans slog sig ner på en vinglig stol i mangelrummet och letade i mobilens minne reda på numret till avdelningen, som han hade nånstans och slog detta.

"Hallå ja.", hördes det i Tilgers mobil, "ja det är syster Ingrid."

"Susanna tack?", sa Tilger.

"Är det privat?"

"Nä de e polisen... Det är jag, Tilger Berg"

"Ett ögonblick."

Tilger väntad en stund.

"Nä, kan inte se henne. Kan jag be henne ringa?"

"Ja, gör det.", och Ingrid fick Tilgers mobilnummer.

"Kan du föresten säga mig, om Didier Hansson är kvar på avdelningen?"

"Nejdå. Han är utskriven. Eller har åkt hem."

"Så han åkte bara hem, utan att tala med doktorn."

"Ja, konstapeln."

"Åh, tack, tack!", sa Tilger. "Hemskt mycket tack."

"Jaja.", sa Ingrid och la på.

Tilger drog en suck av lättnad. Ja, då är han förmodligen här i huset, uppe på tredje våningen, reflekterade han och gick för att tvätta händerna i den lilla skrubb med handfat och toalett, som källarvåningen stod till tjänst med. Toan tycktes vara upplyst när de övriga delarna av källaren var upplyst, och denna var i sin tur styrd av en rörelsedetektor, så närhelst en person befann sig där, så lös det.

Nu ringde plötsligt Greg, som satt och arbetade på polishuset. Tilger tittade på sitt armbandsur. Klockan var 23.30.

”Hello, hur e läget?”, undrade Tilger, som fann att han måste torka av händerna på byxbenen. Någon handduk fanns här inte. Nu fick han torka en hand i taget, medan den lediga höll i *iPhonen*.

”Jodå. Tack! Jag hörde om den misslyckade inbrytningen. Ja, vi kanske inte alls har med några amatörer att göra. Vem vet vem den där Blessing är egentligen? Men det var något annat här. Som jag ville.”

”*Shoot*.” sa Tilger.

”Jo, på den övervakningskameran, som vetter mot din byggnad ifrån servicebutiken, där syns en berusad kille komma ut ur porten lite efter klockan 15.00. Den killen skulle man ha tag på. Jag har en ganska bra bild på honom. Jag kan mejla den till dig. Det är en kille med en otroligt lång näsa. Och jägarhatt.”

”Javisst det var ju Edwards bekant, ja.”

”Exakt! Så du kan knalla upp till Edward och visa den bilden, och så försöka få adressen?”

”Nu, mitt i natten?”

Det blev tyst hos Greg.

”Du gör som du vill.”

”Bra. Okey, tack för info. Det behövs. Gonatt!”

”Gonatt.”

Tilger gick åter in i mangelrummet, på vilket Agnes satt nytt ett anslag om, att det var polisens egendom. Han slog sig ner vid det lilla skrivbordet, nogsamt undvikande de två manglarna, där man nu dragit ur alla kontakter. Sen reste han sig igen, suckade, och gick sen tre våningar upp i huset och tänkte efter vid åsynen av namnen på dörrarna, där det också ofta fanns ett anslag om, att man inte ville ha reklam. I vissa fall undanbad man sig också besök av Jehovas Vittnen.

Tilger stannade till utanför Edwards dörr, men inga ljud hördes. Förmodligen sov Edward. Han var ju gammal, tänkte Tilger. Sedan lyssnade han vid Didier Hansson dörr, på samma svale. Samma resultat. Inte ett ljud.

Tilger beslöt sig för att åka hem och sova. Idag hade han haft otur. Han kunde inte inse att han på något sätt varit fel ute, eller oskicklig. Otur var det. Turen måste vända, helt enkelt. Att mystiken tätnat hade han en vag uppfattning om.

När han körde Mölndalsvägen ut till Smörgatan, där han själv bodde, så var hans tankar hos Ada, stackarn, och han erinrade sig andra händelser, där Ada hade ställt till det, och han skakade på huvudet..

KAPITEL TRETTIOTVÅ.

På Sahlgrenska Sjukhuset var Ada Rehn flyttad från akuten till en dubbelsal på Kirurgen II. Där låg hon nu, och hade återfått medvetandet helt, samt hade ett litet, alldeles rent, bandage om huvudet. När man hade tittat lite noggrannare, så hade man sett att det inte var så stor del av håret som försvunnit som man inledningsvis hade trott. Bara några testar. Det övriga var synvilla. Bastionspetz satt invid den vita sängen. Klockan var nu 23.30 på onsdagen, och han hade fått besked om den misslyckade raiden mot Blessings lägenhet, som han själv beordrat under ambulansfärden upp till Sahlgrenska. Underkant, som var proppmätt av pizza, var bekymrad över läget, men trodde ju inte, att någon mer i huset svävade i livsfara.

Man var ganska säker på, att Blessing var den skyldiga, och så hade nu Underkant frågat Bastionspetz om inte denne tyckte, att man kunde dra tillbaka mannarna från Abrovinschgatan, helt. Underkant sa att han för en stund sen fått veta att Didier Hansson var tillbaka sin lägenhet efter sjukhusvistelsen. Men det var upp till chefen att ta beslutet.

"Asch, låt en patrull sitta i bilen över natten på framsidan Abrovinschgatan, så att vi i alla fall är där.", avgjorde Bastionspetz, som efter att ha försäkrat Underkant om att Ada mådde hyfsat, knäppte av mobilen.

Ada betraktade Abraham sömnigt och hon såg nu lugn ut. Hon hade fått lite både det ena och det andra av läkarna, och var psykiskt knappt tillräknelig.

"Alltihop är konstigt.", mumlade hon, och hon pratade som en som varit i slagsmål och fått en snyting över munnen.

Bastionspetz hjärta kändes varmt när han såg på Ada. Han visste att han tyckte väldigt mycket om henne, och att det nästan gjorde ont av kärlek till denna obstinata lilla människa, som hade så mycket självständigt tänkande i skallen, och som led så av sin sjukdom. Det var ju en sjukdom som hon skämdes över. Varför kunde hon inte förklara. Det var så mycket mystik kring denna sjukdom, och den hade ju även en ytterst beklaglig historia. En sjuk historia.

"Det är ingen fara med mig.", sa Ada nu. "Det är bara håret."

"Åh ja, säg inte det. Du fick allt ett slag i huvudet också. Och en rejäl chock..."

"Ja, det är ju så, när man hamnar i en situation, där man inte har kontroll", sa Ada, därmed citerandes ett av Bastionspetz favorituttryck, som denne bland annat använde vid datorhaverier. Bättre kunde inte Ada just nu. Men vad spelade det för roll!

Båda log.

"Ses i morgon! Måste ut till stugan för att få lite sömn.", sa Bastionspetz och gav sig iväg från sjukhuset.

KAPITEL TRETTIOTRE.

I Edwards lägenhet var det nu rast. Man beslöt sig för att sova en timme för att – efter samtal med Melbourne - sedan se om det fanns någon möjlighet, att få apan ut ur huset så omärkligt, så att ingen såg det. Så betedde man sig alltså inför detta uppdrag som en liten stridsgrupp. I soffor och sängar låg man, påklädda, med filtar över sig och samtliga hade vibratorlarm satta på mobilerna till 01.30, då man skulle ringa upp Melbourne, Bogdan och Lalonde, sätta igång. Konstigt nog kunde allihop sova! Även apan sov i sin hundbur, som man ställt intill elementet, för att hålla det tropiska djuret varmt. Det var troligen kamratskapet, som gjorde de tre sammansvurna så lugna. Apan levde förmodligen i förhoppningen om att den ännu en gång skulle få se soluppgången över Lagos´ kullar, se bränder blossa upp i Nigerias vidsträckta skogar och åter kunna äta färsk mango från träden. Den längtade vildsint efter Lagos, i vars ytterområden den var född, efter att kunna hoppa träden med sin hustru och sina barn, vilka han inte sett på väl tio år.

Vid 01.45 satte man igång. Edward spanade via både köksfönster och balkong, Lalonde, som kommit från Linnégatan, hade parkerat sin bil vid servicebutiken på Dobermanngatan, mitt emot Abrovinschgatan. Man inriktade sig nu på polisbilen strax utanför, i vilken befann sig två poliser, Sten Wickel och Arundel Arundel. Detta var två erfarna spanare. Något som inte anarkisterna hade en aning om. Men man tänkte, att vad som behövdes var ju enbart att få bort polisbilen i en kvart eller så. *Piece of cake.* Alltså beslöts att Benno skulle löpa amok lite bortåt kyrkan, och på det sättet locka polisbilen dit. Edward utrustade Benno med bastanta kläder, extra väst under, mot slag och sparkar, samt ett tillhygge i form av en medelstor rörtång. Klockan 02.00 sändes den något bedrövade Benno ut på sitt mödosamma uppdrag, extra förfriskad med whisky, så att allt skulle verka fullt naturligt.

Bogdan hade, även han kommit från Linnégatan i bilen som nu alltså kördes av Lalonde, och Blessing var också med. De konfererade nu och körde sedan bilen till baksidan, och Edward lugnade apan med *Stesolid*, som han långt förut köpt på Masthuggstorget, svepte in den i ett badlakan och bar sen iväg med det snälla djuret ut i trappan, där Castor hållit vakt.

Benno, som nått en bit neråt Viktor Rydbergsgatan, slog skickligt in glaset till en rullreklamskylt invid kyrkbacken och slet ut innehållet. Redan då startade polisbilen och smet iväg åt det hållet, som på ryggradsreflex.

Edward gick hela vägen nerför trapporna till baksidan av huset, med ett fast tag om apan, som inte reagerade märkbart. Den tycktes ibland drömsk. Castor öppnade dörrar, och Edward hystade in apan i baksätet på Lalondes *Volvo*, där Blessing mottog apan, som lystrade till namnet Hugo, och sen körde ekipaget iväg, medan Edward och Castor återvände till lägenheten. Allt man väntade på nu var Benno. Både Edward och Castor rusade ängsliga ut på balkongen, för att spana ner mot kyrkan. Där syntes nu poliserna och Benno fortfarande i vild argumentation. Benno svingade rörtången på ett farligt sätt.

"Jaja. Detta får vi ta.", sa Edward.

"Jag hämtar honom.", sa Castor resolut. Denne rusade sedan iväg, ut och bort mot kyrkan. Där förklarade han för dessa att Benno var sjuk, och att han själv var Bennos kusin och skulle ta denne till träningslägenheten. Efter en lång taxiresa nere i centrum, och ut mot Majorna, - för att vilseleda - så återkom vid femtiden på morgonen en blåslagen Benno ledd av Castor till Edwards lägenhet, insläppta av Edward via baksidan.

Man skrattade och sen tog man till alla whiskyreserver och dessutom ett flak öl, som Edward haft på balkongen, och drack till man återigen somnade, till musik av Vivaldi, Man sov ända till sjutiden på morgonen. Benno och Castor hade kramat om varandra, och de var på vippen att flytta till Thailand tillsammans. Edward hade, medan man ännu drack, haft ett telefonsamtal med Blessing, där denna sa att några miljoner blev det inte fråga om, men man skulle vara glada om man fick bjuda alla på semester till Lagos. Man skulle ha ett hejdundrande kalas därnere, sa hon. Pappa John-Patrik var en mycket, mycket generös man; mest generös var han mot alla Blessings vänner. Edward berättade för Benno och Castor om att det inte skulle bli några miljoner, men de var fortfarande fulla och nöjde sig alldeles utmärkt med en resa till Lagos.

Edward var mer villrådig än nånsin och längtade bara efter ensamhet, så att han kunde samla tankarna. Med Benno och Castor i närheten var det alldeles omöjligt att tänka.

KAPITEL TRETTIOFYRA.

Bastionspetz for i natten med sin snabba bil, en MG, till huset i Onsala. Ada hade ju försäkrat att hon bara mådde bättre och bättre, och att allt varit hennes fel, både det där med mangeln och håret, och även det, att hela insatsen mot Blessings lägenhet blivit försenad. Och att den bedrägliga Blessing därför - ännu - var på fri fot. Hon var så ledsen, sa hon, men lovade idetsamma, att vara på banan snart. Huvudet skulle snart läka. Hon hade fått tio styng, inte mer, så allt var praktiskt taget i sin ordning, menade hon. Ingen antibiotika eller något hade behövts. Bara *Alvedon* och *Imovan* till natten. Och hon var så tacksam över att Abraham hade tröstat henne. Hon kunde själv åka hem från sjukhuset nästa dag, sa hon. Hon skulle vara hemma en dag, eller två, hos Mikael, sin papegoja.

Bastionspetz hade kört snabbt, handlat chips och bullar i en nattautomat Kungsbacka, och var framme vid sitt hus klockan 01.20.

Huset stod intill en slags strandäng, som stod vissen och tyst i natten. Månen belyste då och då landskapet. Spridda höstmoln skred i oregelbundna schok över himlen. En fälthare satt intill den väldiga poppel, som nu stendöd stod invid en berghäll. Bastionspetz tänkte, att den poppeln hade förr i tiden varit ett riktmärke för sjöfarare ute i bukten utanför. Både för de fredliga makrillfiskarna och kofferdisterna, som för smugglarna och de danska piraterna. Nu var bara halva poppeln kvar, och nästan helt barklös var den. Bastionspetz hade också fått schasa undan en ung råbock på vägen. Det hade visat sig ovilligt att flytta på sig. Ingenting var så lugnande som att vara på vischan. Utan detta hus hade han blivit galen, tänkte han.

När Bastionspetz vaknade på morgonen, vid sjutiden, steg han upp och lagade i det lilla köket till en stor kopp kaffe med choklad i. Mycket socker hälldes då även i, samt några piller med vitaminer i. En sked stacks i koppen, och om den kunde stå rakt upp utan hjälp, så var drycken utmärkt. Sen stekte han två ägg och lite bacon och lade det på två veteskivor. Han tänkte att det hela var en mix av Engelskt och Danskt.

Så tog han sig en funderare medan han steg ut på verandan, som hade utsikt åt sydväst över det oroliga havet. Vart hade Blessing tagit vägen? Han skulle gå ut med en efterlysning på morgonen, en internationell. Han var så gott som säker på att Blessing var förövaren, även om nu brottet kanske var ett dråp och inte ett mord. Vad visste han? Nu var det en annan egendomlighet i detta fall som störde honom. Om man jämförde de fall som hade varit i samma fastighet, och där Edward varit inblandad i två stycken, så var det denna gång så, att Edward nästan höll sig undan. I de andra fallen, där han inte hade varit skyldig, så hade han hållit sig framme och varit som en igel och lagt sig i. Men denna gång tycktes han hålla sig undan. Varför i helskotta då? Folk förändras ju inte! Det visste Bastionspetz. Det kunde han ta gift på. Folk är som de är. Allting är som det är. Därför skulle han nu ta itu på skarpen med Edward. Han trodde att det var Edward, som var den felande länken, den smala nyckeln och det trånga ingångshålet till alltihop. Han beslöt sig att köra till Göteborg omedelbart, och söka upp Edward Tegelkrona.

KAPITEL TRETTIOFEM.

Didier Hansson hade, efter att ha lämnat psykiatriska kliniken, lycklig sjunkit ner i det breda drosksätet. Men

eftersom han nästan genast blev osams med droskchauf-
fören, som var en man från Napoleons födelseö, som abso-
lut inte ville ha några turister på denna ö, dit Hansson
nu sade sig vilja åka på semester, så lämnade Didier,
efter att ha betalat kontant, taxin vid Centralstationen
och begav sig till fots genom Nordstan. Han frågade sig
då om han hade blivit retlig. Kanske han var väldigt het i
huvudet, frågade han sig.

Nu skulle han behöva en *Stesolid*, intalade han sig
plötsligt, eftersom samtalet med chaffisen också verklig-
en var uppskakande. Men sådant fick man sätta sig över
nu, när man var utanför sjukvårdens hägn, utan hjälp av
opiater. Vad som istället gällde nu var att planera för
framtiden. Skulle han få några pengar av Blessing och
Bogdan, eller kunde han känna sig lurad, och skulle nu
istället enbart fortsätta med sina stokastiska analyser av
virtuella tal? Han visste inte så noga. Hela händelsen
hade varit skakande. Att bevittna ett mord ... nåja, inte
ett mord, men ett olycksfall med dödlig utgång med en
apa inblandad, det hade varit omtumlande. Men kanske
inte direkt av ondo, - för honom själv alltså. Han kände
sig stå lite friare till sin framtid. Allting var erfarenheter.
Och med långa steg och med hållningen av en stort sett
fri och lycklig man stegade han i eftermiddagsrusningen
fram genom Nordstan. Tankarna löpte glada i olika ba-
nor. Och som ingen annan gång, så kände han märkligt
nog att världen faktiskt stod öppen för honom. Han
kunde göra vad han ville. Han var ung, frisk och hade en
begåvning som tillät honom att praktiskt taget lära sig
vad som helst. Han kunde inte tänka sig ett värre öde än
att sluta sitt liv som gubbarna uppe i Johanneberg! Som
Tegelkrona. Till exempel. Mannen med de två namnskyl-
tarna på dörren. Om det var något som lockade så var det
faktiskt livet självt! Och inte i talens värld.

Upplevelserna på den psykiatriska avdelningen, vars
nummer han redan hade glömt, hade skakat om hans
livssyn. Didier trodde inte att han blivit galen på avdel-
ningen, även om han hade hört talas om att psykoser
kunde smitta. Vad var det för effektiv metod man hade
på en sådan avdelning som gjorde att man, när man

slapp ut ifrån den, blev nästan vimmelkantig av en säregen lycka?

Didier slog sig ner på ett café i Nordstan, insöp den härliga doften av Black Strawberry Tea runt om sig och kollade i mobilen sina två bankkonton. Allt var i sin ordning. Fast visst var det magert. Nu bara en liten påfyllning, sen skulle Sverige vara ett minne blott, och Didier skulle resa bort. Vart visste han inte.

Vid sin tekopp slog han nu signalen till Blessing.

Blessing var kort, men hon, sa att han givetvis skulle få sina hundratusen. Vem trodde han att hon var? "Möt mig i morgon, torsdag, kl. 10.00 i motionsspåret i Mossen. Då får du ett kuvert."

Didier blev nu åter mulen till sinnes. Detta lät inte bra. Inte alls bra. Men bara detta var över, så skulle han inte göra några dumheter sen. Han skulle sticka. Allt detta var en skola i sannolikhet och i en sån skola får man ta vissa risker, menade han, dunkelt. Så, som i ett antikt ödesdrama steg Didier upp från cafébordet, såg upp mot himlen, genom en liten halvmånformad glugg i det av neon med tusentals millivolt upplysta köpcentrets tak, och överlämnade sin själ till Girigheten och Världsanden. I samma stund såg han i ögonvrån en bekant gestalt komma gående med raska steg på loftgången utanför caféet. Det var ju Gummimannen! Hjärtat hoppade till av reell lycka på Didier, som inte hade haft mången vän i den verkliga världen. Så är det med matematiken.

"Hej!", ropade Gummimannen, som därefter tog ett stort skutt över det lilla fula caféstaket, som skilde dem. Didier satte sig igen och de tog en omgång kaffe. Didier drack dock té, eftersom han var så nervös. Gummimannen var på permission, och han skulle nu försöka klara sig ute ett slag, då man ställt in både epilepsimedicin och *Litium* – mot det depressiva – så gott man kunde. Hans fru var i Grekland, på Zakynthos, på solsemester. Ville inte Gummimannen följa med hem?, undrade då Didier. Jodå. Så begav sig Didier och Gummimannen, som var klädd i en lång svart regnrock, iväg den lilla biten till busshållplatsen för buss 18, vid Brunnsparken, för att ta sig till Abrovinschgatan.

Brunnsparken stod roströd i kvällningen, och statyn med Gustav Adolf syntes för Didier som om den lutade. Det enda som var rakt på Gustav II Adolf var pekfingret, tänkte Didier, nästan psykotiskt, och han gjorde en gest över pannan, som för att befria sig från verkligheten.

Det visade sig att Didier och Gummimannen, som ju egentligen hette Johnny - som vi vet - hade flera gemensamma intressen. Till exempel så älskade de båda både bordtennis och handboll. De tyckte också om att syssla med snabba datorer. Så diskuterade de detta i timvis, tills solen gick ner i väster. Ju längre dagen gick, desto ängsligare blev emellertid Didier. När de på kvällen ätit en jättelik pizza per man och Johnny tittade på klockan för att dra sig hemåt, med nyvunna insikter om överklockning av datorer, så sa Didier, som märkt att han hade en skakning i båda överarnarna:

"Kunde du inte göra mig en tjänst och följa med på et ärende i morgon bitti? Det går fort. Det tar bara en halvtimme eller såå..."

"Visst, vad gäller det?", sa Johnny som bläddrade i ett antikt nummer av *Playboy*, som Didier hade köpt på Ebay för 250 kronor.

"Jag skall hämta en summa pengar, som jag lovats."

"Är det nåt skumt?"

"Halvskumt. Men bara man är två, så går det ju bra. Det är ju aldrig nån fara, om man är två.", sa Didier.

Gummimannen iakttog noga Didier. Eftersom han såg att denne var livrädd eller ännu värre, och hörde på grabben, att denne var ärlig, så gick han efter en lång tvekan, då han stod och såg ut genom fönstret mot Dobermanngatan, med på det.

"Hur dags?"

Didier var drabbad av tunnelseende. Han låtsade som om han inte märkt Johnnys tvekan.

"Kan du möjligen vara här klockan nio?"

"Jag kommer.", sa Gummimannen och tog på sig sin regnrock, i vars fickor tablettburkarna skramlade. "Sov gott!", tillade han, men ångrade denna fåniga artighet i samma stund och försökte vifta bort det han sagt med några grimaser. Det fanns inte mycket att säga.

KAPITEL TRETTIOSEX

I Linnéstaden vakande man tidigt, tog hand om sina bakfyllor och samlades så klockan 08.00 för att dricka kaffe i det stora, gammaldags köket, vars jättelika fönster med sina sex rutor vätte åt den trånga, pittoreska gården, till vilken man nådde genom en port på en Långgata. En del av utsikten bestod av röda takåsar med inventiösa skorstenar i mörklila tegel, byggda kring år 1900. Apan Hugo satt på det nylagda linoleumgolvet vid en skål vatten och Melbourne, sittande på en mörkblå köksstol med hög rygg, kliade den under hakan och sa till denna, att den var hans allra bästa vän. Apan stirrade tillbaka, slött.

Blessing, Bogdan och Lalonde, som alla satt runt köksbordet, drack kaffe och mumsade på frukostklenäterna och sa sen, att de bara hade ett litet ärende vid halvtiotiden, men att de sedan gärna gick ut på stan med Melbourne och kanske tog en köprunda eller en liten lunch eller så. Så skönt det var, att åter vara tillsammans alla, och med apan, tyckte Blessings hela sällskap.

"Det är just en sån här lägenhet som min far John-Patrik INTE skaffade mig, just för att han ville att jag skall skaffa mig en sån lägenhet SJÄLV!", sa hon, och log självmedvetet.

Bogdan och Lalonde grymtade en bekräftelse på detta, eller på något annat. Efter att ha lämnat kaffet urdrucket och klenäterna halvätna, så gav sig trion hastigt av i sin Volvo vid 09.30.

Melbourne gick en lov i lägenheten, som var konstruerad så, att man kunde gå runt i rummen och återvända till köket, utan att därvid behöva gå tillbaka till något av de rum, som man just passerat. Han slog sen, med en för honom ovanlig rastlöshet, en signal till Edward.

KAPITEL TRETTIOSJU.

Torsdagen var det uppehåll. Inget duggregn här inte. Hela skyn från söder till norr var nu ljusgrå och molnig, belyst, som av något i de lätta täcket inneboende. Man kunde inte gärna tänka sig att ett ljus ovanifrån hindrades, ty skenet från molntäcket verkade alldeles för självklart. Kanske var det den höga luften som bidrog, kanske det att natten varit lagom sval, så att ögonen fått en behaglig vila, varken för varm eller för kall, och ingen måne hade stört, ty samma lätta sky hade även på natten legat där den nu låt, lysande som inifrån.

Didier gick tidigt upp, redan vid 05.00, och satt med en kaffekopp redan vid sextiden och lyssnade på radionyheterna.

Man hade upptäckt ett nytt däggdjur på Borneo.

Didier stängde av radion. Han tog fram ett A4-papper och skrev ner sex siffror.100000.

"Så är det med matematik.", sa han, "Ingenting som kan räknas ut är svårt." Sen gick han och la sig på sängen. Efter några sekunder sov han, trots att han hade druckit en halv kopp kaffe.

Klockan halvtio ringde hans telefon. Det var Johnny som sa att han stod utanför på gatan. De skulle ju gå nu. Didier rusade upp, drog några drag med rakhyveln, sen kammen och slängde på sig kläderna. Mobilen, nycklarna, plånboken. Och ner för trapporna. Han stötte rakt in i magen på kommissarie Bastionspetz, som ropade: "Stanna!". Men Didier fortsatte bara, ner för återstoden av trapporna och ut på gatan, där Johnny stod och gymnastiserade, som vanligt, Denne gjorde ett jämfota hopp som väl var så där 60 centimeter. Bastionspetz hade sprungit efter till porten, men Gummimannen och Didier gav sig iväg, efter tecken från Didier, nerför Viktor Rydbergsgatan mot Eklandagatan. Bastionspetz gav upp och återvände upp för trapporna till sitt egentliga ärende. Att söka upp Edward.

KAPITEL TRETTIOÅTTA.

Edward hade nu släppt iväg både Benno och Castor att sköta sina privata göromål hemma hos sig. Benno bodde ju bara några kvarter bort. De gav sig av med löfte från Edward om att denne skulle höra av sig angående resan till Lagos, om nu denna verkligen blev av.

"Hur mår du?", frågade Melbourne i telefonen.

"Jag önskar att såna som du inte tillverkades.", sa Edward.

"Hurså?"

"För att ni ställer till det."

"Asch.", sa Melbourne.

"Du vet ju, att jag har handikappet, att jag kan inbilla mig vad som helst. I viss mening betyder det också, att jag kan gå med på vad som helst."

Det blev nu tyst i andra änden. Sen sa Melbourne:

"Det ligger ju något i det. I mitt fall däremot är det inte frågan om *extravaganza* ....."

Nu bankade det plötsligt häftigt på Edwards enkla lägenhetsdörr.

"Jag måste lägga på.", viskade Edward, lade på och skyndade sig till dörren, som man gärna gör, om nån bankar på den.

Det var Bastionspetz. Denne var, för ovanlighetens skull förbannad. Han tog sig in i hallen och skakade på huvudet och snäste och röt åt Edward:

"Vad i all sin dar håller du på med? Varför anförtror du dig inte till oss? Vad håller du på med?"

Edward ryggade bakåt. Aldrig hade han sett kommissarien så här. Och han hade ju sett honom många gånger.

"Vaddå?", mumlade han.

"Berätta nu!"

Bastionspetz såg sig om i rummet. Inget märkligt syntes dock, annat än att det såg stökigt ut. Lite mat på golvet, kanske lite flyttade möbler. Det luktade lite underligt också. Det luktade djur.

"Har du skaffat hund?"

"Nä."

Bastionspetz satte sig med en studs i Edwards gröna tygsoffa.

"Ada blev av med en massa hår och skadade sig i mangeln i mangelrummet.", sa han. Bastionspetz visste ju att Edward kände Ada, och visste också hur mycket Ada faktiskt betydde för honom, liksom hon betydde mycket för Bastionspetz själv.

"Va? Vaddå? Oj, det visste jag inte alls...."

"Nä."

Edward satte sig försiktigt i en fåtölj.

"Men hon lever?", undrade han dumt.

Bastionspetz svarade inte.

"Är det den här Blessing, som riktigt gjort dig till en djävla sillmjölke eller?" sa Bastionspetz, som totalt förlorat behärskningen.

"Det begriper du väl, att hon inte bryr sig om gamla gubbar!!", fyllde han i.

"Nädå. Det är inte Blessing.", sa Edward.

"Vem e de då?"

"Det säger jag inte."

"Men då är det nån då?" sa Bastionspetz, med förnyad kraft.

"Alla kan bli lurade.", sa Edward, som nu ångrade varje ord och oroligt satte sig och reste sig i en av fåtöljerna. Samtalet fortsatte. Man började nu tala om det förra mordet på Abrovinschgatan, mordet på den vackra Lene Jensen, och hur det mödosamt till sist klarades upp.

"Ja, stackars Lene.", sa Edward. "Ensamma flickan."

"Grit var nog betydligt ensammare.", sa Bastionspetz. Man satt tysta. Minut efter minut gick. Bastionspetz skulle just till att nämna att han mött Didier i trappan, när de båda hörde tjutande polissirener på Viktor Rydbergsgatan, som löpte mellan Dobermanngatan och Abrovinschgatan.

"Men vad är det nu?" sa Edward och gick snabbt fram till fönstret. Två radiobilar passerade ner mot Eklandagatan i rasande fart.

"Jo, jag skulle just säga, att jag mötte Didier."

"Va?" sa Edward. "Var då?"

"Här i trappan, han verkade vara på väg ut."

Edwards ansikte blev blekt. Han hade trott att Didier var på sjukhuset. Var nu Didier ute, och var denne kanske i samma ärende som han själv egentligen varit? Bastionspetz tog med detsamma upp sin mobil och ringde till polishuset, till Greg Nelson. Greg svarade, och Abraham lyssnade.

"En skjutning på Mossens idrottsplats. Okänt antal offer." Bastionspetz upprepade Gregs ord.

Edward fick en jättelik svettning. Han visste knappt varför. Plötsligt skrek han:

"Snälla, snälla! Jag skall berätta!!"

Bastionspetz hörde Edwards utrop, men rusade iväg ut i trapphuset, istället för att svara honom, och sen ner och ut på gatan, där hans bil stod. Han hoppade in i bilen och körde ner mot Mossen, vars läge han kände väl till. Han hade själv spelat fotboll där, i *Polisens IF*.

KAPITEL TRETTIONIO.

Didier och Johnny hade begett sig in i motionsspåret, som slingrade sig fram i den lilla skogen, som kantades av höghusbyggen och vägen till Sahlgrenska. Spåret gick runt kring tre fotbollsplaner. De två vännerna höll sig på den kuperade stigen, en bit ifrån varandra. Didier såg sig ängsligt omkring, ner på marken, där enstaka torkade trädrötter rann fram, och upp i trädkronorna, vars grenar spretade uppåt mot den silvergrå skyn. Enstaka bredvingade fåglar flög då och då knyckigt upp från gräsplättarna i skogen och landade ute på fotbollsplanen eller i de små vattenpussarna intill byggskräp och övergivna betongblandare. Det kippade i leran på sina ställen när de avancerade.

Då såg Didier plötsligt två figurer som närmade sig framme på den slingrande stigen de gick på. En av dem var en flicka. Det var Blessing i sin stadsdräkt och sen en mörkhyad man med svarta glasögon och en röd scarf om halsen, och Didiers hjärta började bulta i dubbel speed.

Vad som hände sedan, det är fruktansvärt oklart. Och någon pålitlig bild kan ingen ge. Men ungefär så här var det förmodligen:

”Där!”, ropade Didier högt till Johnny. Denne såg det annalkande paret och gjorde instinktivt en avvärjande gest. Båda kunde se, att Blessing bar på ett brunt kuvert. Hon höll det framför sig, som i en gåvogest. Trots att de var väl trettio meter bort. Hennes kamrat, en svart man, hade händerna i fickorna på sin svarta skinnjacka. Didier signalerade något obestämt till Johnny, som tog några sviktande, lätta steg i stigens blöta gräskant där det växte skogsbräken och vitmossa. Som i en dans rörde han sig. När de båda grupperna var väl tio meter ifrån varann tog den svarte mannen upp en revolver och avlossade ett skott mot Didier, som inte hann uppfatta det korta skarpa ljudet innan han föll död ner, skjuten mitt i pannan. Gummimannen skrek ut sin förtvivlan rakt ut. Nu riktades pistolen mot honom, medan Blessing slängde sitt kuvert åt sidan i ett björksnår och tog tag hårt i broderns arm. Ty den unge mannen med solglasögonen som sköt var Lalonde. Han avlossade nu skott på skott mot Gummimannen, som hoppade och skuttade som en cirkusartist på vägen framför syskonparet. Skotten ven och flera träffade också Gummimannen, i mage och bröst, men det tycktes, som om de bara passerade rakt igenom honom. Han skrek och skrek, ordlöst, och böjde sig rapidsnabbt ner efter ett armeringsjärn som väl var en rest från byggplatsen intill. Blessing hade då plötsligt och med kraft ryckt vapnet från brodern, tog det, siktade omsorgsfullt mot Gummimannen. Järnet denne höll var vid pass en meter långt, och lite böjt. Gummimannen slet upp det, tog ett steg bakåt, och måttade. Med all den kraft han hade kvar, slungade han det mot Blessing i samma stund som hon sköt. Hon träffades i halsen och järnet borrade sig in i strupregionen, rakt igenom halsen, och stack ut på ryggsidan. När Blessing föll till ner på skogsstigen darrade järnet i ryggen. Hennes ögon var vidöppna. I Gummimannens friska ansikte spred sig ett leende. Ett sista leende. Lalonde tog med ens i panik till flykten och Gummimannen föll död ned över en liten lerig ekplanta, vars små kvistar bredde ut sig över hans ena öra, inte olikt en liten hand.

Nu började en kvinnlig student med brokigt pannband på stigen längre bak, och en pojke med en fotboll på planen bredvid, att samtidigt ropa, och snabbt ringde de sen, hukande i skogsbrynet, efter polisen. När poliserna kom med sina bilar, och strax efter även Bastionspetz kunde man bara konstatera att där låg tre döda ungdomar, två skjutna och den tredje spetsad på ett järn. Ett brunt kuvert låg intill, och det innehöll delar av Göteborgsposten. Avspärrningarna sattes upp och de två i spåret, som var vittnen berättade om Lalonde. Signalementet spreds och en polisjakt av sällan skådat slag i stadens historia sattes igång. Bastionspetz återvände nu till Edward som satt i trappen utanför sin lägenhet och grät. Det tog en bra stund, innan Bastionspetz fått den gamle att berätta vad han visste, Sen lät man en tungt beväpnad styrka åka till Linnégatan och ta sig an Melbourne och – som man trodde – Lalonde och Bogdan. Men dem skulle man inte finna vid liv. Lalonde och Bogdan satt i sin bil på en sidoväg utåt Hindåshållet, både med kulor i sig, som de satt i sina egna huvuden. Motorn var igång och röklukten från bilen blandades med lukten av höst, och blodet, som löpte som små bäckar från de båda, var ännu varmt.

KAPITEL FYRTIO.

Melbourne medgav aldrig sin skuld i någon del. Åklagaren försökte få Melbourne att förstå det oansvariga i sitt handlande. Oansvarigt var det och anstiftande, från början till slut.

"Jag inte inse, att det att rädda ett djur från en för tidig död, skulle vara oansvarigt. Jag har själv aldrig sanktionerat något som helst våld. Om jag i muntert sällskap talat väl om bedrägeri och utpressning, så har jag ändå aldrig i realiteten utfört något bedrägeri eller någon utpressningshandling. Allt jag var beredd att göra var att

124

ta emot en gåva, som tack för hjälpen. Men nu blev det inte så."

Melbourne blev dömd till ett års fängelse, Edward till ett halvt år, Benno och Castor likaså. Apan fördes av polisen från Melbournes våning till ett djur-shelter, varifrån ingen sedan kunde spåra den. Det visade sig också att Blessings far inte hade haft någon kontakt under de senaste åren med sin dotter eller sin son.

Hyresgästerna på Abrovinschgatan skrev ett brev till hyresvärden, om att de inte ville bo i samma uppgång som Edward Augustus Tegelkrona. Värden meddelade att, eftersom Tegelkrona tydligen hade haft en apa olovligen inneboende, så kunde han inte längre få bo kvar i fastigheten, men kunde se meddelandet såsom en vräkning med omedelbar verkan. Ada var strax tillbaka på jobbet. Hon skulle länge komma bära en huvudduk, som gjorde att hon ett slag misstogs för muslim. Man skojade med henne om det. Hon är ju fortfarande judinna. Grit Pinnolte begrovs i närvaro av enbart ett fåtal personer, och ingen av dem var hyresgäst på Abrovinschgatan. På begravningen i Johannebergskyrkan spelades i högtalarna *I´m coming Virginia*, med Bix Beiderbecke och Frankie Trumbauers orkester, med Eddie Lang på gitarr, vilket var hennes absoluta favoritlåt, som hon kanske rentav lyssnat till den dag hon råkade i slagsmål med apan om sin röda CD-radio.

FINIS